진심은 보이지 않아도
태도는 보인다

진심은 보이지 않아도
태도는 보인다

조민진

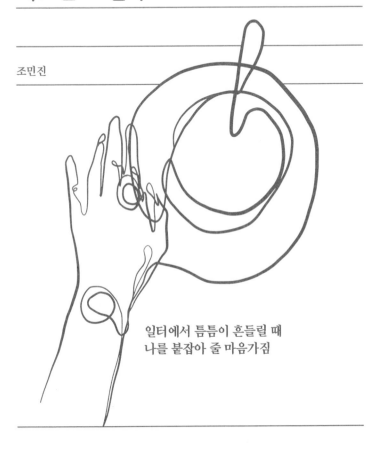

일터에서 틈틈이 흔들릴 때
나를 붙잡아 줄 마음가짐

문학테라피

인생은 자세에 관한
모든 것이다

:

대학 시절 영어 공부를 하려고 미국 시사주간지 《타임(Time)》 수업을 들으러 학원에 다녔던 적이 있다. 대개는 영어 공부 자체보다 잡지에서 소개되는 낯선 해외 뉴스들이 더 흥미로웠다. 그때 《타임》을 통해 알게 되었던 얘기들 중에 몇 가지는 지금까지도 기억 속에 남아 있다. 당시 미국 대통령이었던 빌 클린턴이 TV 채널 여러 개를 틀어 놓고 한꺼번에 시청하면서 동시에 책을 읽거나 다른 일들도 처리하는 '멀티태스킹(multitasking)'에 능한 사람이란 사실과, 아마존닷컴의 설립자 제프 베이조스의 성공담 같은 것들이다. 《타임》을 읽고 처음으로 난 아마존 사이트에 들어가 비비언 리의 전기를 주문했다.

그리고 또 내가 잊지 않는 한 문장이 있다. 'Life is all about attitude', 바로 '인생은 자세에 관한 모든 것'이란 글귀다. 지금은 그 내용까진 생각나지 않는 한 칼럼의 첫 문장이다. 웬일인지 처음 본 이후 오늘에 이르기까지 내겐 결코 잊히지 않는 말이다. 이 문장을 좋아해서 이후로 곧잘 'all about(~에 관한 모든 것)' 구문을 사용해 영어 문장을 만들곤 했다. 미국에서 어학 연수 중이었던 나는 내가 초콜릿을 얼마나 좋아하는가를 두고 "My life is all about chocolate", 그러니까 "내 삶은 초콜릿을 빼놓고는 얘기할 수 없다"는 말로 서두를 열며 발표하기도 했다.

운 좋게도, 우연히 만난 한 문장 덕분에 나는 성인이 된 이후 줄곧 '인생은 결국 자세에 관한 문제'라는 믿음을 간직한 채 살아가고 있다. 그래서 나의 첫 책 『모네는 런던의 겨울을 좋아했다는데』를 읽고 "일을 통한 성장과 성숙을 추구해 나가는 자세가 궁금하다"며 황송한 출간 제안을 해 준 출판사의 요청에 선뜻 응했다. 어떤 식으로든 능력을 갖추고 돈을 벌게 해 주는 '일'을 멈출 마음이 전혀 없는 내가, 오래도록 일을 하기 위해 일과 자신을 돌보는 자세, 그리고 나만의 크고 작은 '삶의 장치'들을 나눠 보고 싶어졌기 때문이다.

설령 내가 평생 일하지 않아도 될 만큼 돈이 많아진다 해도, 나는 내게 성취감을 주는 일하기를 멈추진 않을 것 같다. 일을 대하는 나의 자세와 방식들이 누구에게나 같은 의미로 답이 될 순 없겠지만, '그럼에도 불구하고, 일하기'를 선택하는 이들에게 함께 걷는 동료의 얘기로 힘이 될 수도 있지 않을까 희망해 본다.

군이 드러내지 않아도 되는 솔직함으로 고백하자면, 나는 '현재의 나'에 대해 크게 만족하지 못한다. 아마도 더 발전할 수 있다고 생각하기 때문일 것이다. 살아오는 동안 내게도 분명 크고 작은 성취의 순간들이 있었다. 하지만 여전히 더 노력해서 조금이라도 더 많은 걸 이루고 싶다. 어느 지점에서 어느 정도의 성공을 쉽게 단정하고 싶지 않다.

성공은 성장과 성숙의 결과일 뿐이다. 때문에 지금 내가 할 수 있는 얘기는 '노력'에 관한 것이다. 삶을 조금이라도 더 성공적으로 운영하고 조금이라도 더 성숙한 사람이 되고자 하는 열망을 대하는 '자세'에 관한 얘기다. 물론 늘 쉽지 않다. 뜻대로 잘 안 되어 속상할 때가 더 많다. 하지만 어제보다 더 나은 나로 살기 위해 내게 필요한 답은 언제나 '노력하는 자세'였다.

결과론적인 성공의 여부와 무관하게 일은 내 삶에서 빼놓을 수 없는 주제다. 지금까지도 그랬고, 앞으로도 그러할 것이다. 일하는 우리들이 어제보다 더 나은 오늘과 내일을 기대하는 마음을 잘 안다. '일'과 '노력'이라는 아주 평범하고 보편적인 두 화두를 꺼내 본다. 노력하며 일하는 자세에 대한 얘기로 독자들과 교감할 수 있다면 더없이 행복할 것 같다. 직업이 기자든 아니든, 그건 문제가 안 된다.

2020년 1월, 새 책 집필을 시작하며
조민진

차례

2장.

언제라도 떠날 수 있으니, 하는 동안은

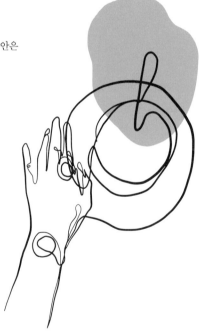

3장.

나를 만드는 사소한 시간들

4장.
더 많은 정체성을 원한다

1장.

일터에서 '절대'란 없다

나는 나를 평가한다

:

"우리는 사실 알고 있다.
정말 두려운 건 자신을 속이는 일이지
외부의 평가가 아니란 걸."

어렸을 때 난 종종 시험지 앞에서 울고 싶어졌다. 초등학교, 중학교…… 그리고 고등학교 시절까지도 문제가 어려워 시험을 망친 날이면 집으로 돌아오는 길에 하염없이 눈물이 났다. 특히 딱 떨어지는 답들이 있을 수학 시험지가 무서웠다. 분명 문제를 풀어나가는 공식과 결론으로 도출될 답이 있을 텐데 내가 그 정해진 답을 모를 때면 두려웠다. '너를 평가하겠노라'며 덤비는 것 같은 시험 시간이면 번번이 무척 긴장했고, 태연하지 못했다. 때문에 시험 앞에서 여유롭게 보이는 아이들이 부러웠고, 그깟 시험에 연연하는 내가 참 싫었다. 시험이 두려웠으나 시험을 잘 봐야 한다고 생각했던 나는 공부를 열심히 한 적도 많았다. 웬만해선 열심

15

히 하면 성적이 잘 나온다는 상관관계를 깨우치고 있었기 때문이다. 하지만 틈틈이 게으름도 부렸고, 한다고 했으나 능률이 잘 안 오르거나 효율이 떨어질 때도 적지 않았다. 당연히 시험 결과가 항상 만족스러운 건 아니었으며, 점수가 나쁠 때는 '평가 없는 세상에서 살고 싶다'는 바람이 간절하게 솟구쳤다.

어쨌든 학창 시절을 보내면서 나는, 많은 사람이 함께 사는 세상에선 평가를 통해 우선순위나 서열이 정해진다는 사실을 자연스럽게 받아들였다. 나도 모르는 사이 다른 사람이나 외부 기준에 의해 이뤄지는 평가에 노심초사하곤 했다.

그러던 내가 '평가'에 대해 조금씩 다른 관점을 갖게 된 건 취업을 위해 언론사 시험을 준비하면서부터였다. 시험에 응시하기 위해 가장 먼저 해야 할 일이 바로 '자기소개서' 쓰기였고, '자소서'의 본질은 결국 자기평가였다. 비로소 내가 나를 평가하는 작업에 진지하게 몰두하게 되었던 것이다. 학점이나 영어 점수처럼 단답식 기입 말고도 자신의 장단점과 일의 특성에 부합하는 경쟁력 등을 스스로 기술해야 했다. 어쩌면 나는 자신을 더 관대하게 평가하고 포장하기를 시도했을 것이다. 내가 나이니까 말이다. 하지만 나를 솔직하게 설명해야 한다는 의무감을 벗어날 순 없었다. 근거

없이 과장하거나 사실을 왜곡할 순 없었다. 그러다 보니 때때로 뼈아팠다. 내가 나를 평가하면서도 종종 불만스러웠다. 나의 모든 면에 백 점을 주긴 어려웠다. 스스로 생각하기에 자신 없거나 부족하다고 생각되는 부분은 그냥 모른 척, 언급하지 않고 넘어가게 되었다. 늘 타인이나 외부의 잣대로 평가받는 것이 삶의 낭만을 빼앗고 쓸데없는 패배감을 안겨 준다고 생각했었는데, 사실은 자아비판이야말로 진정 두렵고 무서운 일이란 걸 알게 되었다.

그렇게 시작된 자기평가는 입사 후 지금까지 계속되고 있다. 상반기와 하반기, 1년에 두 차례씩 상사의 평가를 받기 전에 일단 내가 나를 평가해야 한다. 나의 자기평가는 상사가 평가하는 데 최소한의 근거 자료가 된다. 물론 나는 내게 애정을 갖고 있고, 스스로를 최대한 좋게 보려고 노력하는 편이다. 그럼에도 판단의 근거를 제공해 주는 객관적인 팩트(fact)를 미화하거나 수정하긴 어렵다. 평가의 주체로서 자신을 직시할 때면 때때로 더 크게 좌절하고 상처받는다. 상사가 어떤 점수를 주느냐보다 더 중요한 문제는 내가 나를 합리화하는 일이다. 고과에서 좋은 등급을 달라고 요구할 수 있을 만큼 충분히 많은 근거를 갖고 있느냐가 중요했다.

한동안 서점가에선 '있는 그대로의 자신을 받아들이라'는 수용의 메시지가 인기를 끌었다. 일단은 위로와 격려가 될 법한 이 말에 나 역시 늘 마음이 동했다. 실제로 자신의 모습 그대로를 존중하고 인정하는 자세는 쓸데없이 비굴하거나 나약해지지 않기 위해 무척 중요하다. 하지만 한없이 너그러워 보이는 이 메시지의 기저에는 실로 엄격한 주문이 함께 깔려 있다. 있는 그대로 받아들이기 위해 있는 그대로 평가해야 한다는 것이다. 온전한 수용의 전제는 제대로 된 평가다. 자만도 비하도 없이, 부풀리지도 낮추지도 않고 정확하게 자신을 이해하고 받아들이는 일을 잘하기 위해, 나는 꽤 오랜 시간 동안 자기평가를 연습해 왔다. 그게 어쩌면 우리가 매일 맞닥뜨리게 되는 외부로부터의 평가에 일희일비하지 않고 의미 있게 발전하기 위한 방법이란 걸 깨달았기 때문이다.

그 시작과 끝이 평가에 있는 일터에서 나는 종종 '프로크루스테스의 침대'를 떠올리곤 했다. 그리스로마 신화 속에 등장하는 프로크루스테스는 자신의 침대 길이에 모든 여행자의 키를 맞추려한 무지막지한 악당이다. 그는 자신과 마주친 여행자를 자기 침대 위에 눕힌 후 몸을 묶고 키를 쟀다. 키가 침대 길이보다 작으면 억지로 몸을 늘리고, 크면 다리를 잘라 버리는 식으로 하나의 기준을 놓고 모두를 평가했다. 운 좋게 키가 침대에 꼭 맞는 여행자가 아니었다면, 대부분에게 고통을 줬을 것이다. 나는 조직에서 평가를 당해야 하는 우리들이 틈틈이 그런 고통을 겪고 있다고 생각한다. 하나의 조직이 개별적이고 자유로운 여러 인격을 모두 한꺼번에, 그리고 평화롭게 품어 주고 보살펴 주긴 어렵기 때문이다. 우리는 모두 다르지만, 조직은 하나의 기준을 갖고 움직여야 일관성이란 게 생기는 법이기도 하다.

물론 회사나 일터가 언제나 프로크루스테스와 같은 악당은 아니다. 다만 평가자의 침대가 평가자의 키에 맞춰져 있을 소지는 다분하다. 그래서 난 평가받는 자로서 느끼는 마음의 고통을 덜기 위해 정해진 침대 길이에 큰 의미를 두지 않으려 한다. 그렇게 홀가분하게 일하자고 마음먹으려 노력한다.

대신 매일매일 내가 나를 평가한다. 물론 타협하지 않는 평가다. 스스로를 객관적으로 보고 현재의 내 모습을 받아들인다. 그리고 어떤 지점에선 조금 더 노력하고 발전하자고 다짐한다. 내가 나를 평가하는 일조차 늘 공정할 순 없지만, 타인의 주관에 흔들리는 것보다 훨씬 더 생산적인 결과를 가져온다. '내 평가는 내가 한다'는 당찬 자세로 스스로에게 떳떳할 만큼 열심히 일해 보면, 일터에서 느낄 법한 압박감이나 스트레스로부터도 조금은 해방될 수 있다. 우리는 사실 알고 있다. 정말 두려운 건 자신을 속이는 일이지 외부의 평가가 아니란 걸. 게다가 더 나아지려는 꿈이 있는 한 평가는 결코 완료형이 될 수 없다. 진행형이고, 가변적이다. 나는 그렇게 주체적이고 강단 있는 개인들이 결국 한 조직의 중요한 자원이 된다고 믿는다.

우연은 없다고 되뇐다

:

"필연을 믿는다는 건
결과를 담보할 만한 행동을 하는 것이다."

일을 하면서 내가 읊조리는 주문은 '세상에 우연은 없다'는 것이다. '뿌린 만큼 거둔다'는 말은 물론 「개미와 베짱이」, 「토끼와 거북이」 같은 우화까지 동원해 마음을 다잡을 때가 셀 수 없이 많다. 그렇지 않으면 당장 원하는 대로 일이 잘되지 않거나 한 치 앞을 장담하기 어려울 때마다 애써 돌봐 온 마음이 무너져 버리기 십상이다. 차라리 우연은 없다며, 뿌린 대로 거두리라 생각해 버리면 위기의 순간에도 내가 해야 하거나 할 수 있는 일을 찾게 된다. 만사가 귀찮고 하기 싫을 때조차 한 번쯤 나를 바로 세워 보려는 성의를 기울이게 되는 것이다.

이처럼 모든 게 필연적이라고 거듭 되뇌는 이유는 때때로 불안하기 때문이다. 알랭 드 보통은 『불안』이란 책에서 우리가 불안한 이유는 더 많은 것을 기대하기 때문이라고 했다. 민주주의와 자본주의가 정착된 오늘날엔 "현재의 모습과 달라질 수 있는데도 실제로는 달라지지 못하는 데서 오는 끊임없는 불안"을 겪어야 한다는 것이다. 일터에서건 일상에서건 언제나 더 좋은 걸 상상하며 사는 내가 종종 불안해질 수밖에 없는 이유이기도 하다. 항상 모든 걸 원하는 대로, 원하는 만큼 가지거나 이루긴 힘들기 때문이다. 또한 누군가는 어려운 상황 속에서도 이상적인 제 몫을 찾는 데 성공한다는 걸 알기 때문이다. 결국 '그 누군가가 나라면 좋을 텐데' 하는 마음이 들어서, 하지만 '그게 내가 아닐 수도 있어서' 불안해진다. 알랭 드 보통은 "질투를 고백하는 것과 마찬가지로 불안을 드러내는 것 역시 사회적으로 경솔한 행동"이라고 말했다. 이제 어른이 된 우리는 경솔해 보이지 않기 위해 질투나 불안 같은 날것의 감정들을 애써 누르며 산다.

불확실한 미래를 조금이라도 예측하고 가능성에 대한 도전을 멈추지 않기 위해 나는 늘 필연을 믿었다. 일을 하면서 최대한 불안해지지 않는 방법이었다. 필연을 믿는다는 건 결과를 담보할 만한 행동을 하는 것이다. 행동하는 동안은 적어도 미래에 대한 우려와 걱정을 떨칠 수 있기 때문이다. 노력으로 이뤄진 행동 하나 하나에 의미를 부여하면 스스로 정당성을 갖게 되고 마음이 편안 해졌다. 잘되어도, 안되어도 대부분이 나에게서 비롯된 것이라 생 각하면 오히려 쓸데없는 우울감이나 패배감에 빠질 일도 적었다.

우리에겐 실행력이 필요하다. 노력한다는 건 결국 끊임없이 움 직인다는 거다. 움직여야 가슴이나 머리에 고여 있던 우리의 꿈과 이상이 어떤 식으로든 형태를 갖춰 모습을 드러낸다. 메이슨 커리 가 쓴 『리추얼』이란 책을 보면서 "영감은 아마추어에게나 필요한 것"이란 말을 거듭 곱씹었다. 맥이 빠지고 기운이 없어질 때마다 예술가들조차 작품을 위해 "그저 작업실에 들어가 작업을 시작한 다"는 사실에 위로를 얻었다. 작품을 기대한다면 작업실에 들어가 는 행동이 필요한 거였다. 더 잘하고 싶고, 더 원한다면 걸맞은 노 력과 행동이 필요했다.

'반드시 그렇게 될 수밖에 없는' 필연을 믿다 보면 늘 준비하 게 된다. 열매를 상상하면서 씨앗을 심는 마음이 되는 것이다. 그 래서 나는 '다음엔 뭘 할까'라고 생각하며 사는 게 습관이 되었다. 매번 내가 할 수 있는 다음 일을 궁리한다. 원하는 걸 위해 지금 이런 준비를 하고 있다고 스스로 의식하는 게 중요하다. 십수 년간 기자로 일하면서 만났던 크고 작은 취잿거리 앞에서도 그랬고, 1년간의 해외 연수를 꿈꾸면서도 그랬고, 첫 책을 써 보자고 다짐하면서도 그랬다. 목표가 있었고, 꿈을 꿨고, 내가 할 수 있는 일을 생각하면서 준비했다. 그리고 합당하게 행동했다. 일과 꿈 앞에서라면 '진인사대천명(盡人事待天命)' 외에 다른 걸 떠올리지 않는다. 기대하되, 덜 불안할 수 있는 유일한 길이기 때문이다.

때때로 누군가로부터 칭찬을 받으면 난 "운이 좋았어"라고 답하곤 한다. 하지만 솔직히 말하면 의식적으로 겸손한 자세를 가지려는 것뿐이다. 마음속으로는 '당연하지, 내가 얼마나 노력했는데'라고 생각할 때가 많다. 열심히 하면서 행운을 기대한다. 세상에 공짜는 없다는 믿음과 함께 산다. '취재운', '특종운'……. 만약 어떤 기자가 운이 좋았다면 그건 그 기자가 다른 기자들에 비해 취재원에게 한 번이라도 더 전화를 했기 때문일 거라고 생각한다.

우연히 잘될 리 없다거나, 뿌린 만큼 거둔다는 믿음이 어쩌면 지나치게 팍팍하게 느껴질지도 모르겠다. 하지만 그런 식의 믿음과 행동에는 의외의 긍정성이 숨어 있다. 내가 분명히 씨앗을 심었기에 언젠가는 노력의 결과가 뒤따를 거란 낙관이다. 그 결과는 생각보다 늦게 찾아올 수도 있다. 또한 기대에 못 미칠 수도 있다.

그럼에도 아무런 노력도 하지 않았을 때보다는 분명 더 나은 것이다. 나는 그렇게 무작정 믿는다. 그러면 많은 불안이 사라지고 비로소 받아들이게 된다. 강한 폭풍이 불어 배가 전복될 때는 신의 도움을 바라고 기도하는 것 말고도 두 팔을 써서 직접 헤엄쳐야 한다지 않았던가. 하늘은 그렇게 스스로 돕는 자를 돕고 있다.

회사보다 일

:

"회사라는 테두리를
일하는 나보다 소중하게 여겨 본 적이 없다."

아직까지는 회사원의 삶을 살고 있다. 직업이 기자이긴 하지만 일
차적으로 난 남이 만들어 놓은 회사에 다니면서 월급을 받는 직원
이다. 굳이 '아직까지는'이라고 말하는 이유를 웬만한 회사원들은
아마 짐작할 것이다. 평생 회사원으로 살겠다는 꿈과 목표를 가진
사람은 거의 없을 테니까.

회사를 다니다 지쳐서든, 마음에 들지 않아서든, 더 성장하고
발전해서든 우리 모두는 적당한 시기에 또 다른 일, 더 멋진 일을
할 수 있기를 꿈꾼다. 평균 수명도 점점 늘어나 살면서 두세 개쯤
새로운 직업을 갖게 된다 해도 별달리 낯설게 느껴지지 않는 시대

이다. 때문에 회사 밖의 또 다른 세상을 꿈꾸게 되는 것도 지극히 자연스러운 일이다. 더구나 회사는 '내 것'이 아니다(물론 회사가 진짜 '나의 회사'인 경우도 있다. 그 경우엔 얘기가 조금 달라진다). 통시적 관점에서 인생을 볼 때, 내 것이 아닌 모든 걸 우리는 그저 스쳐 지나갈 뿐이다.

대학 졸업 후 처음 신문사에 입사한 뒤, 한 차례 방송국으로 일터를 바꾸긴 했지만 사실상 공백기 없이 16년째 성실하게 회사에 다니고 있다. 돈이 성실함의 이유는 아니지만 꼬박꼬박 나오는 월급도 무시할 수 없다. 월급이 없다면 굳이 회사까지 다닐 이유는 없다. 하지만 월급을 받으면서도 가끔은 회사를 그만두고 싶다고 생각하는 것도 사실이다. 단 한 번도 사는 동안 '일하기'를 관두고 싶다고 생각한 적이 없을 만큼 일에 큰 의미를 두고 있지만, 회사를 떠나고 싶었던 갖가지 이유도 많이 댈 수 있다.

예를 들면 이런 것들이다. 다람쥐 쳇바퀴 돌 듯 반복되는 긴 업무 시간(종종 하루 열두 시간 넘게 일할 때 많은 기자가 '잠깐 집에 갔다 온다'라고 자조하기도 한다)에 당연한 듯 매여 있는 자신을 발견했을 때, 문득 지금 하고 있는 업무가 너무나 단조롭고 무의미하게 느껴졌을 때, 매번 찾아오는 인사 시즌에 희망과는 전혀 다른 부서나 업무에 배치되었을 때, 때때로 회사 동료들이 동지가 아니라 적으로 느껴졌을 때, 때가 되면 레퍼토리 같은 뉴스들이 색깔만 다른 옷으로 바꿔 입고 반복 출현하고 있음을 목도할 때, 평범하게 일하고 돈 받는 것 이상으로 자아를 실현하긴 어려워 서글퍼졌을 때, 정성을 다해 일한 만큼 월급이 더 많았으면 좋겠다는 생각이 들었을 때, 언제 휴가를 가겠다고 말하기까지 뜸 들이고 눈치 보는 스스로가 구질구질하게 느껴졌을 때, 기대나 마음만큼 나의 퍼포먼스가 만족스럽지 않을 때, 실수와 부족함만 눈에 띄어 자기 실망이 커졌을 때, 다른 곳에서 만났다면 예의 차리고 웃으며 대했을 인간관계가 조직 안에선 지시하고 복종하고 반박하는 관계로 굳어 있음을 느낄 때, 그래서 나의 밝고 긍정적인(?) 성격이 무자비하게 삐뚤어지고 있다고 생각될 때, 잘할 수 있는데 충분한 기회가 주어지지 않는다는 자만과 불만에 사로잡힐 때…….

이런 생각들이 하염없이 끓어오를 때면 난 종종 회사를 떠난 또 다른 삶을 꿈꾸곤 했다.

하지만 그 모든 이유가 한꺼번에 엉켜 있을 때조차 실제로 회사를 관두진 않았다. 일터보다 일 자체에 더 집착했기 때문이다. 회사라는 테두리를 일하는 나보다 소중하게 여겨 본 적이 없다. 언제나 '회사에 다니는 나'보다 '일하고 있는 나'를 더 중요하게 생각했다. 나는 조직보다 일을 사랑했다. 그래서 회사나 조직에 섭섭하고 불편한 마음이 생기거나, 설령 지금 내가 하고 있는 일의 내용이 마음에 차지 않을 때도 '나는 지금 일을 하고 있다'는 단순한 사실만을 의식하며 비관하기를 떨쳐 버렸다.

일하는 자아의 중심을 회사에 매달아 두었다고 치자. 그러면 회사가 싫어지거나 불만이 늘어나는 순간, 그러니까 회사가 좋은 이유가 사라지면 회사를 떠날 수밖에 없다(조직도 생물과 같아서 언제나 고정불변인 '좋은 이유'는 잘 없다). 이런저런 주변 상황 때문에 당장 떠나지 못한다 해도 다니는 내내 암울하고 답답할 것이다. 하지만 일을 하고 있는 자신 안으로 무게 중심을 옮겨 둔다면, 회사가 싫다고 무작정 떠날 생각을 하지 않을 가능성이 높다. 회사나 조직이 주는 조건들보다는 내가 일을 하고 있다는 데서 더 큰 가치를 느끼기 때문이다. 내게 일을 준 회사가 마뜩잖은 순간이 찾아와도, 회사와 나를 분리해 생각해 보는 마인드 컨트롤도 보다 손쉬워진다. 중요한 건 맡은 일에 정성을 기울이고 있는 '일하는 자아'이니까 말이다. 그렇게 회사와 거리를 둔 채 한 호흡 쉬어 가되, 주어진 일을 품위 있게 수행해 내고 나면 끝내 되찾지 못할 것만 같았던 뿌듯함이 다시 찾아오기도 한다. 즉흥적인 불만이나 비합리적인 피해 의식쯤은 시간이 지나면서 사라질 수도 있다. 그렇다면 일단 다행이다. 회사를 위해 일한 내게 회사가 이럴 수 있느냐는 괜한 망상에 빠져 충동적 퇴사를 감행하는 소모전을 치르지 않아도 되므로.

대부분의 회사원에게 회사는 '내 것이 아니지만', 유능한 회사원들은 대부분 '주인 의식'을 갖고 있다. 지켜본바, 그리고 경험한바에 따르면 그런 주인 의식은 회사를 소중히 여겨서 나오는 게 아니다. 우리는 그렇게까지 이타적이지 않다. 조직 안에서 책임감 있는 주인 의식을 발휘하는 사람들은 언제나 자신의 일을 사랑하는 이들이다. 회사가 좋아서 회사에 다니는 사람은 회사가 싫어지면 회사를 떠나지만, 사심 없이 일하는 데 정성을 기울이는 사람은 한두 가지 조건에 일희일비하여 회사를 떠나진 않는다. 만약 일하는 자아에 충실한 사람이 몸담고 있는 조직을 떠나게 된다면, 그건 아마도 스스로가 더 업그레이드되었기 때문일 거다. 지금보다 더 비전 있는 일에 도전할 준비가 되었기 때문일 거다.

일을 좋아하고 일을 잘하고 싶은 나는 언제나 조직이나 회사보다 일 자체에 충실한 사람이 되자고 스스로 독려한다. 결국 이런 마음이 내가 속한 조직에도 보탬이 된다는 사실 또한 깨달았다.

회사에 대한 불평과 불만이 생겼다면 왜 그런지, 과연 그런 불평과 불만이 일하는 나에게 어떤 도움을 주는지를 곰곰이 생각했던 시간이 모인 덕분에 얻은 결론이다.

오래 일하고 싶다면

:

"나는 아직까지도 천재가 뭔지는 잘 모르겠지만,
'노력하는 자세'가 결국 '즐기는 자세'를 이끈다는 걸 안다."

"저는 오래 일하고 싶거든요."

이 책의 편집자가 내게 출간 제안을 하며 건넨 말이었다. 나의
첫 책 『모네는 런던의 겨울을 좋아했다는데』가 직장 생활 14년 만
에 '쉼표'를 찍으며 취향을 다듬고 소소한 행복을 찾아 나간 이야
기였다면, 이젠 일하는 이로서의 자세와 더 큰 행복에 대한 이야
기를 써 보자는 거였다. '짧은(?) 자유'가 끝나고 다시 일터로 돌아
온 내게 그가 새로운 화두를 던진 것이다. 아마도 첫 책에서 오래
오래 일하고 싶어 하는 내 마음을 엿본 것 같다.

한국 나이로 올해 마흔하나가 되었다. 나이가 적은 건 아니지만, 백 년도 넘게 산다는 요즘 세상에서 겨우 40년을 살았을 뿐인 내가 '오래 일하기'를 말한다는 게 어쩐지 부끄럽고 망설여졌던 것도 사실이다. 하지만 기자로든, 작가로든, 그게 아니라면 또 다른 무언가로든 기력이 남아 있는 한 계속 일을 하리라는 의지와 그러고 싶다는 바람만큼은 누구보다 강하다는 생각이 들었다. 그래서 흔쾌히 제안에 응했다. 그리고 앞으로도 더 오래 일해야 한다는 사명감마저 갖고서 진심을 담뿍 담아 글을 써 내려가는 중이다. 다행히 언젠가 나는 '일흔 살이 넘어서도 칼럼이라도 쓸 사주'란 예언(?)을 들은 적이 있다. 물론 일흔 살이 넘어서도 왕성한 사회 활동을 하는 이들이 점점 많아지겠지만, 나 역시 앞으로도 최소 30년쯤은 더 일할 수 있다고 믿으면 솔직히 마음이 든든하다.

내게 '오래 일하고 싶다'는 바람의 의미는 곧 '점점 발전하고 싶다'는 뜻이다. 어떤 식으로든 발전해야 오래 일할 수 있다고 생각한다. 중요한 건 발전하기 위한 방법을 생각해 내는 일이다. 어떻게 하면 나를 조금이라도 더 업그레이드시킬 수 있을지를 늘 생각한다. 장단기 목표나 꿈, 기대하는 바가 있다면 그걸 위해 지금 내가 할 수 있는 게 뭔지를 찾아야 한다. 그리고 실천한다. 그러면 미래에 대한 불안감이 조금이라도 줄어든다. 이렇게 명쾌한 답이 있지만 많은 이가 알고도 하지 않을 뿐이다.

　나는 계속해서 다음 할 일을 생각하고 준비하는 편이다. 이런 자세가 어느 정도는 습관으로 굳어져 있다. 예를 들어 기자 생활을 하는 동안 꼭 한번은 해외 연수를 떠나겠다는 목표를 세웠었다. 일을 떠나 새로운 환경에서 안목을 기르고 성장하고픈 욕심이 있었다. 기자 직군에서라면 종종 크고 작은 해외 연수 기회가 있기 때문에 꿈꿨다. 물론 모두가 얻을 수 있는 기회는 아니었다. 그래서 나름대로 경쟁력을 갖추려 꾸준히 노력했다. 기자 생활 14년 만에 얻은 기회였으니 사실상 십수 년 동안 생각하고 노력한 결과였다. 당장 드러나지 않아도 내가 한 일은 모두 기록될 거라는 '마인드 컨트롤'을 자주 했다. 그러면 좋건 싫건 맡은 업무에 충실하게 되는 게 더 쉬워졌다. 틈틈이 어학 공부를 했고, 원하는 나라와 학교에 갈 방법들을 늘 궁리했다. 런던 연수 동안 첫 책을 썼던 과정 또한 비슷했다. 황금 같은 1년을 허투루 보내고 싶지 않았고, 경험과 생각을 글로 남기는 것으로 나의 발전을 직접 확인하고 싶었다. 지금 갖고 있는 직업보다 더 확장된 영역에서 내가 할 수 있는 일이 있으면 좋겠다는 꿈도 가졌다. 그래서 글쓰기를 실천했고, 마침내 책으로 묶었다. 이제 기자로도, 작가로도 함께 불릴 수 있다는 기쁨을 맛보고 나니 이 만족감과 성취감을 앞으로도 계속

이어가고 싶다는 기대가 생겼다. 그래서 지금도 이렇게 새벽에 일어나 원고를 쓰고 있다.

연수를 갈 수 있었던 것, 출판사와 계약할 수 있었던 것, 또 다시 출간 제안을 받은 것 등 지난 2년간 내게 벌어진 일련의 일들이 누군가에겐 우연한 행운쯤으로 느껴질지도 모르겠다. 하지만 나는 확신한다. 스스로 준비하고 노력했던 자세가 이 모든 행운을 끌어당겼다는 것을. 기자라는 직업을 언제까지 갖고 살게 될지 아직은 잘 모르겠다. 하지만 앞으로 내가 더는 기자가 아닌 날이 오더라도, 작가로서 더 오래 일할 수 있지 않을까 하는 희망이 생겼다.

결국 우리는 계속해서 일하기 위해 끊임없이 발전해야 한다. 발전하기 위해 계획한 게 있다면 열심히 해야 한다. 뭔가를 성실하게, 열심히 하는 시간이 쌓이면 열심히 하는 자세가 습관이 된다. 열심히 하는 습관은 우리가 일을 더 좋아할 수 있도록 만들어 준다. '천재는 노력하는 사람을 이길 수 없고, 노력하는 사람은 즐기는 사람을 이길 수 없다'는 말을 이미 들어 봤을 것이다. 나는 아직까지도 천재가 뭔지는 잘 모르겠지만, '노력하는 자세'가 결국 '즐기는 자세'를 이끈다는 걸 안다. 노력하는 사람은 결국 즐기게 된다. 결국 잘하게 된다. 그리고 잘하는 그 일을 당연히 오래 할 가능성이 높아진다.

발전하기 위해 노력하는 것 말고도 자신에게 투자하려는 마음이 중요하다. 배움의 길에 투자해야 한다. 어떤 일을 하는 누구라도 더 배우려 하는 이가 발전한다. 그래서 난 배움을 얻는 일에는 크게 돈을 아끼지 않는다. 금전적 여유가 허락하는 한 언제나 비용을 치르겠다는 마음가짐으로 산다. 우리는 스스로를 명품으로 다듬어 낼 줄 아는 장인이 되어야 한다. 때로는 지금 하고 있는 일과 앞으로 하고 싶은 일에 대한 투자를 병행해야 할 수도 있다. 두배로 힘들겠지만 두 배의 기쁨과 전망이 보장될 것이다. 나는 그런 맥락에서 책을 읽고 글을 쓴다. 나의 변화와 잠재된 가능성을 실현시킬 수 있는 가장 손쉬운 투자법이라고 믿고 있다.

오래 일하고 싶다는 마음은 좋은 선배가 되겠다는 마음과 함께 가야 한다. 일을 먼저 시작한 사람으로서의 장점을 갖춰야 계속 일할 만한 가치가 생긴다. 하나라도 배울 점이 있는 사람이어야 한다. 우리는 앞서가는 선배들로부터 영감과 희망을 얻길 바란다. 그러니 역지사지가 필요하다. 어느 시점엔 우리도 누군가의 좋은 모델이 되어야 하는 것이다. 그리되면 분명히 더 오래 일할 수 있을 것이다.

76세에 그림을 그리기 시작해 101세에 세상을 떠나기까지 1600여 점의 작품을 남긴 '모지스 할머니'. 그는 말년에 몰두한 일들로 '미국의 국민 화가'란 별칭을 얻었다. 그가 "만약 그림을 안 그렸다면 닭을 키웠을 것"이라고 말한 이유는 "절대로 흔들의자에 가만히 앉아 누군가 날 도와주겠거니 기다리고 있진 못하기" 때문이었다. 그에겐 자신이 할 수 있는 것, 하고 싶은 것을 끊임없이 찾아서 해내려는 의지가 있었다. 그리고 그것이 오래 일할 수 있었던 원동력이었다. 나도 모지스 할머니의 마음을 배우고 싶다. 오래도록 몸을 움직이고 머리를 쓰는 '일'을 하며 살기를 바란다.

진심은 보이지 않아도
태도는 보인다

:

"난 좀 더 현실적인 중간 목표를 세웠다.
'좋은 사람'이 되는 게 쉽지 않다면, 최소한 '합리적인 사람'이 되자고."

"거짓이 없는 참된 마음", 진심(眞心).

  일터에서 날것의 진심을 섣부르게 내보여서 좋을 건 없다. 아무리 솔직한 게 좋다 해도 감정이나 마음을 여과 없이 드러내는 건 적어도 일터와는 어울리지 않는다는 걸 차츰 알게 되었다. 여기서 '진짜 마음'을 드러내 보이는 일은 자신의 생각을 조리 있게 말하는 분명한 의사 표현과는 다른 차원의 문제다. 이성적 판단과는 별개로, 하기 싫거나 짜증 나는 본심(本心)을 미처 컨트롤하지 못하고 노출해 버릴 때면 나는 대부분 후회한다.

일해 온 날들이 쌓이면서, 내가 '잘한 날'과 '못한 날'을 나누는 나름의 기준이 생겼다. 진짜 속마음을 드러냈느냐, 그러지 않았느냐는 것이다. 물론 속마음이 좋은 상태일 때 내보이는 건 대개 큰 상관이 없다. 하지만 난 때때로 무척 인간적(?)이어서 논리나 이타심 따위를 떠나 마음 상태가 나빠지는 경우도 많은데, 그럴 땐 최소한 무덤덤하게 어느 정도는 마음을 감추고 가야 함을 이젠 안다. 일터에선 진심 없는 행동도 의미가 있기 때문이다. 아니, 감정보다 이성에 따라 자신을 한 번쯤 다듬어 내어놓는 자세가 더 중요하다. '속마음은 그런 게 아니었다'는 식의 얘기는 일을 할 땐 사실상 필요 없다. 조직은 마음보다 태도를 보는 곳이다.

때문에 누군가의 진심을 궁금해 하며 노심초사하거나 안절부절못할 이유도 없다. 진짜 마음은 감정과 연결되어 있는 법인데, 어떻게 많은 이의 감정까지 다 헤아리며 일할 수 있겠는가. 차라리 눈에 보이는 걸 그대로 받아들이는 심플하고 단호한 자세가 유용하다. 괜한 노파심으로 에너지를 낭비하거나 소모전을 치르지 않을 수 있어서다. 일터가 다른 사람의 속마음까지 일일이 미뤄 짐작해야 하는 곳이 되어선 안 된다. 이건 '일터에선 말을 해야 한다'는 나의 또 다른 소신과도 통하는 대목이다. 물론 말할 땐 태도가 좋아야 내용이 잘 전달된다.

'좋은 사람'이 되겠다는 목표를 갖고 살긴 한다. 하지만 일터에서 언제나, 누구에게나 좋은 사람이 되기란 정말 어렵다. 동료들 중에는 나와 이해관계가 다른 이들도 많고, 항상 이타심을 발휘할 정도로 내가 '천사표'인 것도 아니며, 오히려 때때로 이기심이 발동하기도 한다. 그래서 난 좀 더 현실적인 중간 목표를 세웠다. '좋은 사람'이 되는 게 쉽지 않다면, 최소한 '합리적인 사람'이 되자고. 설령 다른 이를 더 도와주진 못해도, 맡은 제 일엔 책임을 다하는 것, 그래서 결코 다른 구성원에게 피해를 주진 않겠다는 다짐에서 최소한의 합리성이 나온다. 특히 나의 진심이 항상 고울 수만은 없어, 일하는 데 쏟는 정성이 부족할 때도 있음을 스스로 인정했다. 다만 마음이 못 미쳐도 일하는 태도만큼은 합리적으로 결정하고 지키자고도 다짐했다. 여전히 번번이 서툴지만, 일터에서 본분을 다하기 위해 이성으로 감정을 컨트롤하는 법을 연습하는 시간이 차곡차곡 쌓여 가고 있음은 사실이다. 조직에선 진심이 없다거나 부족하다고 추궁받진 않는다. 보이는 태도가 합당하다면 말이다. 하지만 태도 자체가 나쁘거나 경솔하면 비판을 감수해야 한다. 일터에선 일하는 자세가 평가 대상이다. 인지상정(人之常情)이라, 일의 결과만큼이나 중요하다.

겉으로 보이는 게 다는 아니다. 누구나 어느 정도는 마음을 숨기고 산다. 마음 저 깊은 곳엔 늘 '진심'이란 게 있다. 나는 우리가 일터에서만큼은 그 진심을 적당히 다듬고 가감하며 지냈으면 한다. 행여 자신의 진심으로 다른 이에게 상처를 주는 건 아닐지 두려워해야 하며, 감정을 앞세우기보다 이성에 기대 서로를 존중하길 바란다. 보이지 않는 진심이 전해져서 기쁜 순간이 많으면 좋겠지만, 진심을 몰라준다고 서운해하진 말자는 생각도 한다. 그것보다는 '보여 주는 것'과 '보이는 것'을 신뢰함으로써 조직을 명쾌하고 건전하게 만드는 게 더 중요하다고 믿기 때문이다. 프로는 많은 경우, 진심을 숨긴 채 태도를 결정한다. 이성적으로.

그럼에도 불구하고 말하기

:

"조직에서 말이 중요한 이유는
누구나 틀릴 수 있기 때문이다."

말이 중요하다. 일터에선 기본적으로 말을 해야 합리적인 관계가 성립한다. 말을 해야 속으로만 꿍쳐 두는 오해 섞인 불만도 사라진다. 솔직하게 의견을 말하고 대화로 해법을 찾을 수 있는 곳, 일터는 그래야 한다.

하지만 일을 하다 보면 종종 말하는 게 두려운 상황도 생긴다. 상대의 잘못이나 조직에 대한 불만을 드러낼 때는 누군가에게 상처를 주거나 도리어 반격을 당할 위험까지 감수해야 하기 때문이다. 때문에 머릿속에서 백만 가지 생각이 수만 개의 말 폭탄으로 바뀌는 와중에도 부정적 얘기를 입 밖으로 꺼내기란 결코 쉽지 않다. 우리의 '좋은 자아'는 기본적으로 타인을 배려할 뿐 아니라 문제를 만들고 싶어 하지 않는다. 물론 생각나는 대로 여과 없이 모두 말하고 사는 건 좋은 게 아니다. 말은 주워 담을 수 없는 까닭에 하기 전에 숙고해야 한다. 특히 뒤에서 남을 험담하는 건 조직의 건전성을 방해한다. 보통은 대화로 문제를 해결할 능력이나 의지가 없는 사람들이 뒷담화를 즐기는데, 그런 부류는 자기가 맡은 일을 할 때도 아마추어적인 경우가 많다.

조직에서 말이 중요한 이유는 누구나 틀릴 수 있기 때문이다. 상사도, 동료도, 선배도, 후배도 언제나 옳을 순 없다. 누구의 생각도 항상 진리는 아니다. 때문에 틀린 걸 바로잡을 수 있는 가능성을 아예 차단해 버리는 '지시와 복종', '배제와 포기'의 관계에 익숙해져선 안 된다. 상대의 말을 듣고 이해하고 설득할 줄 알아야 한다. 누구나 틀릴 수 있다는 건 경험으로 체득한 결론이다. 돌아보면 내가 후배일 때는 선배의 입장을 다 이해하지 못했고, 내가 선배가 되어 보니 후배의 잘못도 보인다. 모두가 그 시점 자신의 경험치 안에서 산다. 나이가 들고 연차가 쌓이면서 경험이 늘어나는 만큼 생각도 조금씩 달라진다. 예전에는 선배가 어려워도 부당하다고 생각되면 용기를 내어 더 많이 말했는데, 지금은 후배의 태도가 마음에 걸려도 이해하고 더 적게 말하려 노력한다. '말을 해야 한다'는 지론엔 변함이 없지만, 말의 종류와 양을 고려하게 되는 것이다.

선배는 후배에게 말로 명확한 지침을 주어야 한다. 후배도 선배에게 말로 자신의 의견을 전달할 수 있어야 한다. 문제는 사람마다 상대의 말을 받아들일 수 있는 그릇이 다르다는 것이다. 어떤 쪽과는 말로 이해의 폭을 넓혀 갈 수 있어도, 또 다른 쪽과는 말을 해서 갈등이 더 깊어질 수도 있다. 하지만 나의 경우를 되돌아보면, 후배가 나와는 다른 의견을 제시하거나 지시를 반박할 때도 그의 말에 수긍이 간다면 조금 아프긴 해도 후배를 미워할 순 없었다. 후배의 위치에서도 선배가 옳은 지적을 한다고 생각되면 설령 꾸지람을 들어 창피해져도 선배가 원망스럽거나 싫어지진 않았다. 오히려 내게 보여 준 관심과 가르침이 고마워질 때도 많았다. 그래서 난 나를 말로 설득시켜 주는 선배가 고맙고 그런 후배가 사랑스럽다. 상대를 설득할 수 있는 논리적인 말과 소통하려는 자세는 좋은 것이다. 말은 그렇게 '잘'하라고 있는 것이다.

해야 할 말을 적절한 방식으로 잘할 때 우리는 각자의 위치에서 보다 더 당당해진다. 정치인들을 취재할 때마다 느꼈던 것도, 자신의 자리에서 해야 할 말을 못 한 사람들이 나중엔 결국 상대를 비난한다는 거였다. 앞에선 제 할 말을 못 하고 돌아서서 뒤통수를 치거나 험담만 늘어놓는 사람들은 대부분 비겁했다. 특히 기자에겐 말을 하는 게 본분에 가깝다. 기자에게 말은 곧 '질문'이다. 기자의 질문엔 성역이 없다. 질문이 곧 기사가 된다. 주저하지 않고 묻고 또 묻는 기자가 언제나 당당하다. 다만 기자도 상대에 대한 인신공격성 질문은 삼가야 한다. 상대를 아프게 하는 말 중엔 말하는 이의 품위까지 떨어뜨리는 것도 있기 때문이다.

기자 초년병 시절 한 선배가 나더러 "대통령 앞에서도 제 할 말을 할 사람"이라는 평가를 했다. 당시 선배가 무슨 마음으로 그런 말을 했는지 그 진심을 아직도 제대로 모르지만 별로 기분 나쁘게 들리진 않았다. 그리고 그 한마디가 아주 오랫동안 기억 속에 남아 있다. 그 말을 들었을 당시에 나는 '기자가 대통령 앞이라고 못할 말이 뭐가 있나, 당연하지'라며 속으로 의기양양해지기까지 했다. 세월이 흘러 실제로 난 청와대 출입 기자로 일하게 되었고, 대통령을 자주 볼 기회는 없었지만 대통령을 대변하는 취재원들에게 종일 '질문 특권'을 행사했다. 기자의 당연한 의무이자 권리였다. 하지만 겉으로 당당한 것과 달리 속으로는 자주 망설였다. 끊임없이 내 질문에 허점은 없는지를 자문하게 되었다. 일을 하기 위해 필요한 말이었기 때문이다. 분명한 목적을 가진 말을 잘하는 건 중요한 만큼 쉽지 않다.

　우리는 종종 예전에 했던 말을 후회하곤 한다. 시간이 지나면 군이 안 해도 될 말이었단 생각이 들 때가 있다. 이런 경험이 쌓이다 보니 나이를 먹어 가면서 하고픈 말을 조금씩 미루게 되기도 한다. 하지만 여전히 나는 말을 하는 쪽이다. 불편하거나 두려운 상황에서도 대부분 말하기를 택한다. 말로 분명하게 의사를 전달하는 방식이 비굴하지 않고 투명해지는 길이라 믿기 때문이다. 다만 말에 담아서 내어놓을 수 있는 생각의 수준을 높이는 일을 숙제로 여기고 있다.

드러나는 일과
드러나지 않는 일

:

"비바람이 불어도 해가 뜨지 않아도
그저 제 할 일을 묵묵히."

방송국에선 드러나는 일과 드러나지 않는 일이 정말 확연히 구분된다. 더 중요한 일과 덜 중요한 일로 나눌 순 없지만 그렇다. 누군가는 시청자들에게 보이는 일을 하고 누군가는 시청자들은 결코 알 수 없는 일을 한다.

나는 기왕이면 드러나는 일을 하고 싶은 쪽이다. 아주 솔직히 털어놓으면, 내가 하는 일을 모두가 알아줬으면 좋겠다. 그런 마음이 있으니 보이지 않는 일을 하고 있을 땐 풀이 죽곤 한다. 그럴 때마다 '적어도 하늘은 알아주겠지. 그러니 지금 내게 주어진 일을 일단 열심히 하자'고 스스로를 다독인다. 능력이 닿고 에너지가 남아 있는 한 내 몫의 일엔 정성을 다하는 편이다.

나는 방송 기자로서 비교적 다양한 업무를 경험했다. 주요 출입처 중 하나인 청와대를 담당하면서 매일 카메라 앞에 서 보기도 했고, 국제부에서 해외 특파원들의 기사를 받아 대신 제작해 주기도 했고, 낮밤을 바꿔 살아야 하는 아침뉴스팀에서 근무할 땐 부조정실 자막 담당부터 스튜디오 출연까지 가릴 것 없이 다 해 봤다. 내가 화면에 노출될 땐 나를 비춰 주기 위해 각자의 일을 하는 여러 제작진의 노력까지 대신해 '일한 티'를 내기도 했고, 다른 이의 방송을 위해 나를 숨긴 채 돕기도 했다. 방송 뉴스가 제대로 나가려면 어느 하나 없어선 안 되는 역할들이다. 하지만 성격이 판이한 일들을 두루 겪으면서 상대적 우월감이나 박탈감을 차례로 느껴 보곤 했다.

지금 나는 보도국 국제외교안보팀의 보조데스크 역을 맡고 있다. 굳이 서열을 따지자면 우리 팀 내에선 팀장 바로 아래고, 팀장을 도와 기사를 다듬어 출고하거나 기사 아이템을 고르고 관리하는 역할을 한다. 물론 시청자들은 아무도 내가 하는 일을 알 수 없다. 보이지 않는 곳에서 하는 드러나지 않는 일이다. 팀 후배들에게 기사를 배정하거나, 출고되기 전의 기사를 데스킹(팀에서 최종 출고하는 기사를 검토하고 다듬는 일)하는 일은 물론 중요하다. 데스킹 과정을 거치지 않은 기사는 뉴스로 나가지 못한다. 그럼에도 결과물에 내가 나타나지 않으니 문득문득 허전해지는 것도 사실이다. 드러나는 누군가를 위해 자신을 숨긴 채 보조하고 협력해 본 이들이라면 아마도 한 번쯤은 이런 상실감을 느껴 봤을 것이다.

드러나는 일을 더 좋아하지만 드러나지 않는 일도 해 보면서 얻은 것도 있다. 비로소 난 조직에선 그 어느 하나 중요하지 않은 일이 없다는 걸 몸소 깨달았다. 다른 사람을 이해할 수 있는 마음도 더 커졌다. 겪어 보지 않았다면 머리로만 겨우 알았을 다양한 역할과 그 업무를 수행하는 사람들의 입장에 진심으로 공감하게 되었다. 보이는 일과 보이지 않는 일, 성공과 실패, 성취와 좌절의 경험은 결국 모두 자산이 되는 거였다.

드러나지 않는 일의 중요성까지 알게 될 즈음 우리는 아마도 선배가 되어 있을 것이다. 나도 그렇다. 이젠 함께 일하는 동료들 중에 선배보다 후배가 더 많다. 기자로 일해 온 햇수가 벌써 16년째인 나는 조직에서 나의 자리와 위치, 업무에 대해 고민하는 시간이 많아졌다. 주어진 일의 성격이 변하면서 혼란스러워질 때도 있다. 예전엔 내 것만 직접 잘하면 되었지만, 이젠 후배에게 일을 주고 잘할 수 있도록 독려해야 한다. 업무 지시 권한을 갖는 만큼 공정하고 유능해야 한다는 책임감도 만만찮다. 언젠가 아끼는 후배 S가 어느덧 팀에서 자신이 제일 연차 높은 선배가 되었다며 이젠 후배들의 기사도 자신이 챙겨 주어야 할 때가 있다고 말했다. 선배가 후배의 기사를 챙겨 준다는 의미는 선배가 직접 취재했거나 쓸 수 있는 기사라도 후배에게 아이템을 넘겨주고 기회를 줌으로써 후배가 더 의미 있는 기사를 쓸 수 있도록 도와준다는 얘기다. 당시 S는 "그런데 선배, 저도 아직 기회가 필요하거든요"라며 허탈해했다. 그러니까 선배가 된다는 건 속으로는 '나도 아직 기회가 필요하다'고 생각할지라도 후배에게 기회를 내줄 줄 아는 아량을 갖는 일이다. 선배는 때가 되면 더 이상 드러나지 않는다.

올해 초부터 보조데스크로 일하게 되면서 종종 만감이 교차한다. 집필자가 1차로 쓴 원고를 다듬거나 수정할 때면 이런저런 감상이 스친다. '예전에 선배들이 내 기사를 고치면 싫었는데 후배들도 싫겠지' 하는 생각도 들고, '데스커가 기사를 더 좋게 다듬어 주면 오히려 고마웠으니 괜찮을 거야'라고 생각하기도 하면서 어느새 다른 이에게 감정이입을 하고 있는 나 자신을 발견한다. 그리고 새로 맡은 일에 매일 조금씩 더 익숙해져 간다. 직접 플레이어가 되기보다 관리역을 맡게 되면서 나 아닌 다른 팀원들의 리포트나 출연을 응원하는 게 어떤 마음인지도 알게 되었다. 내가 데 스킹한 기사를 인터넷에서 찾아보게 되었고, 해당 시청률을 꼬박 꼬박 살펴보게 되었고, 성취감과 아쉬움을 함께 느끼게 되었다. 과거에 이미 방송된 내 리포트를 여러 차례 듣고 또 듣고 했던 것 처럼, 각별한 애정을 갖고 데스킹한 후배의 리포트도 여러 번 다 시 보고 듣는다. 때로는 '문장을 한 번 더 끊어줄걸' 하고 자책하 기도 한다. 내 것만 하고 내 것에만 관심을 갖던 미숙했던 내가 늘 어난 책임의 범위만큼 성장한 기분도 든다.

'벤치마킹(benchmarking)'을 하든 '타산지석(他山之石)'으로 삼든, 후배는 선배를 보고 배운다. 그러므로 눈앞에 좋은 선배가 있어야 한다. 드러나지 않는 일도 어떻게 최선을 다하는지를 보여 주는 선배가 있다면 좋을 것이다. 그리고 후배는 언젠가 자신이 선배가 되었을 때 직접 좋은 선배가 될 수 있도록 노력해야 한다. 그런 배 움의 선순환 속에서 조직에 좋은 인적 자원이 쌓인다. 내게도 좋 은 선배가 많다. 권한과 책임을 합리적으로 나눠주고 솔선수범하 는 선배들은 눈에 띈다. 그들의 후배인 나는 나도 모르는 사이 그 들의 장점을 따라 하려 노력한다. 좋은 걸 봤다면 따라 할 수 있는 기회가 생긴다. 그래서 선배의 가르침이, 후배의 배우는 힘이 중 요하다. 좋은 후배라면 선배에게서 배울 점을 찾고, 좋은 선배 역시 후배에게서도 배울 점을 찾는다.

아직 온전히 성숙하지 못한 탓에 드러나지 않는 일을 하며 틈틈이 시들해졌던 나는 이렇게 생각해 보기로 한다. 언제나 내가 하는 일이 가장 중요한 일이며 나를 중심으로 태양이 돈다고 말이다. 꼭 누가 알아줄 필요는 없다. 내가 알면 된다. 비바람이 불어도 해가 뜨지 않아도 그저 제 할 일을 묵묵히 하는 자가 '스스로 돕는 자'이다. 모두가 저마다 자기 일을 가장 중요하게 생각한다면 조직은 통째로 빛날 것이다.

잘 듣는다는 것

:

"잘 듣는 건 잘 말하고 잘 쓰기 위한 전제 조건이다."

'복기'는 원래 바둑에서 이미 둔 판국을 비평하기 위한 것이다. 바둑을 두었던 대로 처음부터 다시 놓는 것을 말한다. 그런데 기자들도 늘 이 작업을 한다. 취재원과 만난 자리에서 무엇을 들었는지를 꼼꼼히 되살려 정리하는 것이다. 자칫 들은 내용을 잘못 기억하거나 뜻을 자의적으로 왜곡해선 안 된다. 복기 내용이 기사의 바탕이 되기 때문이다. 수첩과 펜이 없는 자리에서 들은 것을 기억해 내고 맥락 그대로 옮길 줄 알아야 한다. 사람을 취재할 땐 수첩이나 펜이나 노트북 같은 기록용 도구를 쓰지 않는 게 더 좋다. 그래야 자연스럽게 대화하고 진솔한 얘기를 나눌 수 있다.

요즘엔 회사에서 내근을 하다 보니, 좀처럼 복기할 일이 없다. 하지만 출입처를 맡아 현장을 취재하던 꽤 오랜 시간 동안 나는 대부분 복기 업무를 성실히 수행했다. 복기의 전제는 듣는 것이다. 잘 들어야 그대로 옮길 수 있다. 비단 기자직에만 필요한 능력도 아닐 것이다. 일하는 우리는 늘 잘 들어야 한다. 들은 걸 이해하고 업무에 반영해야 한다. '어떻게 하면 잘 들을 수 있을까'를 고민해야 한다.

잘 들으려면 일단 대화 주제에 대해 잘 알아야 한다. '아는 만큼 보인다'는 말이 있듯이 알아야 들리는 법이다. 외국 방송을 자막 없이 보는 경우를 생각해 볼 수 있다. 외국어 실력이 달라지지 않았어도 아는 내용이 나오면 더 잘 들린다. 처음으로 국회 취재를 하게 되었던 4년 차 즈음까지 나는 기자였어도 정치에 큰 관심이나 지식이 없었다. 하지만 낯선 정치인들을 만나 그들이 하는 얘기들을 빼놓지 않고 기억하고 부장이나 선배들에게 보고하는 것은 내가 해야 할 일이었다. 복기를 해야 했던 것이다. 그런데 처음엔 정치인들이 하는 말들이 너무 낯설었다. 무슨 말을 하는지 알아듣지 못하는 경우가 많았고 그렇게 이해되지 않는 얘기들을 나중에 복기하려면 막막한 심정마저 들었다. 취재원이 언급하는 사람이나 사건을 모르고 들었을 땐 들었어도 기억할 수가 없었다.

결국 나는 일하기 위해 필요한 공부를 해야 했다. 300명에 달하는 국회의원들의 이름을 일일이 외우고 개인별로 얽혀 있는 각종 사건과 이슈들을 미리 파악해야 했다. 취재원을 만나서 대화하기 위해, 잘 듣고 기억하기 위해 미리 준비해야 했다. 복기 업무의 비중이 상대적으로 큰 정치부 기자의 예를 들었을 뿐, 출입처가 바뀔 때마다 기자들은 매번 잘 듣기 위한 공부를 새로 할 수밖에 없다. 지난해 잠시 과학 기사를 담당했을 땐 '우리 은하에서 암흑물질로 뒤덮인 헤일로 영역에서 발견된 왜소신성' 기사를 쓰기 위해 은하계를 공부하기도 했다. 연구 결과를 설명하는 천문학자의 얘기를 알아들어야 했기 때문이다.

　상대가 한 말을 충분히 기억하기 위해 대화에 집중하는 것도 기본이다. 일할 땐 흘려들어선 안 된다. 대화에서 집중은 곧 관심을 뜻한다. 기자가 관심을 갖고 집중하면 취재원은 더 많은 이야기를 풀어놓는다. '다보스 포럼(매년 스위스 다보스에서 열리는 세계경제포럼)'에 참여하는 세계 리더들의 대화법을 담은 『말의 격』이란 책에선 빌 클린턴 전 미국 대통령이 '경청의 달인'으로 평가되어 있다. "클린턴과 이야기를 하면 그가 내 이야기에 집중하기 때문에 주변에 나 말고 아무도 없는 듯한 기분이 든다"는 지지자의 말이 인용되어 있다. 그만큼 클린턴이 정성을 다해 상대의 말을 듣는다는 것이다.

함께 대화하는 이에게 집중하는 것만으로도 상대의 신뢰를 얻을 가능성이 크다. 그리고 듣는 이의 관심을 확보했다고 생각하는 상대는 더 많은 얘기를, 더 속 깊은 진심을 털어놓을 확률이 크다. 컨디션이 좋지 않거나 의욕이 떨어지는 날, 의무감에서 기계적으로 취재원을 만날 때가 있다. 머릿속으로 딴생각을 하면서 건성으로 응대한 후엔 꼭 뒤늦게 '아차' 하게 된다. 그가 무슨 중요한 얘기를 했는지 하나도 생각나지 않아서다.

십수 년간 기자로 살면서 가장 크게 깨달은 바가 있다면 말하는 것보다 듣는 게 중요하다는 사실이다. 불완전한 인간인 까닭에 이 오래된 진리를 여전히 종종 놓친다. 하지만 기자가 제 일로 누군가에게 감동을 줄 수 있다면 잘 들었기 때문임을 확신한다. 때로는 듣는 데에도 엄청난 수고와 에너지가 든다. 잘 듣는 건 잘 말하고 잘 쓰기 위한 전제 조건이다. 귀로 들어오는 모든 소리가 의미로 남진 않는다. 듣기 위해, 알기 위해 노력해야만 상대의 말이 오래 가는 뜻으로 남는다. 그러니 듣는 데도 노력이 필요하다.

돌아보면 미처 몰랐거나 무심했던 많은 것을 조금이라도 알기 위해 노력해 온 나날이었다. 일을 하면서 차곡차곡 쌓아 온 '복기' 중 일부는 마음에 새겨져 문득문득 떠오른다. 내게 특별한 '워딩 (wording)'으로 남아 있는 것들이다. 지금까지 연락을 주고받진 않지만 내게 자신의 이야기를 들려준 사람들의 안부가 궁금하다. 일하는 나를 위해 역시 일하는 그들이 할애해 준 시간과 나눠준 말덕분에 큰 무리 없이 할 일을 해 왔다. 우리는 각자 자신의 일을 위해 말을 했고, 들어줬고, 공감했고, 비판했다. 그렇게 소통했다고 생각한다.

일터에서 '절대'란 없다

:

"내가 절대 하지 않을 일은 없다고
생각하는 게 좋다."

20년 전 로버트 저메키스가 감독하고 톰 행크스가 주연을 맡은 영화 〈캐스트 어웨이〉가 나왔다. 주인공 '척 놀런드(톰 행크스)'는 세계 최대 특송업체 페덱스 직원이다. 1분 1초를 아깝게 여기며 호출기를 달고 산다. 그러던 어느 날 갑자기 그가 탄 항공기가 추락해 무인도에 떨어지게 되는데, 그곳에서 무려 4년을 갇혀 보낸다는 게 시나리오의 큰 틀이다. 배구공 '윌슨'을 친구 삼아 말하고, 스스로 불을 만들고, 오직 코코넛과 바닷게를 먹으면서 매일 살아남는다. 한 번도 상상해 보지 않았던 삶을 살기 위해서 하루하루 처지와 환경에 적응한다. 인간이 한계를 극복하고 상황에 적응해서 살아남는 문제를 화두로 삼을 때면 제일 먼저 떠오르는 이야기다.

기자가 실제로 무인도에서 살아남는 방법을 고민해야 할 확률은 희박하겠지만, 갑자기 무인도에 떨어진 것처럼 막막해지는 순간은 꽤나 있다. 대부분의 기자는 일정 기간이 지나면 출입처가 바뀌곤 하는데, 그때마다 자신이 다뤄야 하는 기사의 종류나 영역도 완전히 변한다. 새 출입처의 이슈와 낯선 취재원들에 가능한 한 빨리 적응해야 시청자와 독자에게 유의미한 기사를 쓸 수 있다. 기자는 그렇게 살아남는다. 직장은 늘 유연성을 요구한다. 내가 절대 하지 않을 일은 없다고 생각하는 게 좋다.

청와대와 국회, 여당과 야당, 교육부와 통일부, 행정안전부와 과학기술정보통신부, 그리고 국제부와 아침뉴스팀 등 출입처가 바뀌고 하는 일이 바뀔 때마다 내겐 최대한 빠르게 적응해야 하는 숙제가 떨어졌다. 빨리 제 궤도에 올라서 기존 출입 기자들에게 최소한 뒤떨어지지 않는 기사를 쓰려면 어쩔 수 없었다. 다뤄야 할 기사가 달라지는 만큼 하루아침에 관심사도 바뀌었다. 출입처가 바뀌면 지난 출입처에 미련도 애정도 두지 않게 되는 건 신기한 일이었다. 당장 살아남으려면 닥친 일에 몰두할 수밖에 없었다 (그동안 경험해 보지 않았던 영역을 취재하는 첫 순간은 언제나 긴장되고 부담된다). 자연히 자주 닿는 인연도 바뀌게 된다. 지난 출입처에 있는 취재원들의 안부가 틈틈이 궁금해지지만, 나의 뒤를 잇는 새 출입 기자의 활동 영역을 침범할 수도 있다는 노파심에 먼저 연락하는 적극성을 버리는 편이다. 대신 내가 알아야 할 새로운 사람들과 제대로 소통하는 데 집중한다. 기자가 새 출입처에 적응하는 건 본질적으로 누구의 도움도 받을 수 없는 문제다. 홀로 부딪히면서 가능한 한 빨리 자연스러워져야 한다.

디지털 시대 언론 환경이 아무리 달라졌다 해도, 뉴스의 속성은 '새로움(new)'이다. 새로우려면 빨라야 한다. 그래서 뉴스는 속도전을 치를 수밖에 없다. 새롭지 않고, 낯설지 않고, 모르던 걸 알려 주는 게 아니라면 그걸 어찌 뉴스라고 하겠는가. 그 새로운 속성 때문에 뉴스는 빨리 소비되고, 오래 남아 있지 못한다. 물론 빠른 것에 더해 정확해야 한다. 정확하지 않으면 뉴스가 가치를 갖기 위해 필요한 신뢰를 얻기 힘들다. 뉴스는 최대한 빨리, 새로운 사실을, 사람들로 하여금 믿게 하는 성격을 갖고 있다. 그러니 그런 뉴스를 만드는 기자 또한 빠르고 정확해야 하며, 그러기 위해 매사 빠르게 적응해야 한다.

적응하기 위해선 변화를 받아들여야 했다. 그리고 변화된 상황에 맞는 새로운 관심이 필요했다. 관심이 확장되면 더 알게 되었고, 더 이해할 수 있었다. 더 깊은 안목과 더 다양한 관점을 갖게 되리라 기대할 수 있었다. 최소한 이전의 나보다는 성숙해지는 것 같았다. 때문에 처음 직장에 들어간 후 지난 15년 동안 끊임없이 변화에 적응해야 했던 나는 어제의 나보다, 과거의 나보다, 그 옛날의 나보다 분명 더 괜찮은 사람이 되어 있는 거라고 굳게 믿고 있다. 그렇게 믿고 싶다.

〈캐스트 어웨이〉에서 척은 섬에 홀로 고립되어 4년을 사는 동안 자신의 연인인 켈리를 생각했다. 그녀를 마음에 품고서 힘든 나날을 하루같이 견뎠다. 뗏목을 만들어 파도를 타고 나간 바다 한가운데서 극적으로 구조된 척은 마침내 고향으로 돌아왔지만, 그가 죽은 줄로만 알았던 켈리는 이미 다른 사람의 아내가 되어 있었다. 척에겐 한없이 슬픈 일이지만 '지난 4년 동안 켈리가 그 섬에서 자신과 함께 있어 줬다'는 사실만큼은 변하지 않는 것이다. 척은 켈리를 다시 만날 수 있을 거란 희망을 간직한 채 주어진 하루하루에 적응했다. 거센 파도와 같은 변화에 적응하는 과정 속에서도 지향점과 이상은 필요하다. 척에겐 켈리가 희망이고, 이상이고, 지향점이었다. 뭐가 되었든 자신만의 오롯한 희망 하나쯤은 품고 있자. 그리고 각자에게 밀려오는 변화의 파도를 꿋꿋이 타 보자. 어디까지 갈 수 있을지 누구도 장담할 순 없지 않겠는가. 그러니 우리는 기대할 수 있다. 변화 속에서도 변하지 않는 믿음 하나가 우리를 꽤 견딜만하게 만들어 줄 것이다.

　이 영화 속에서 내가 가장 좋아하는 대사는 척의 이 말이다. 영화 끝 무렵에 나온다.

　"난 내가 지금 뭘 해야 하는지 알아. 난 계속 숨을 쉬어야 해. 왜냐하면 내일도 해는 떠오르니까. 누가 알겠어? 조류(바닷물의 흐름)가 무엇을 가져다줄지 말이야."

2장.

언제라도 떠날 수 있으니,

하는 동안은

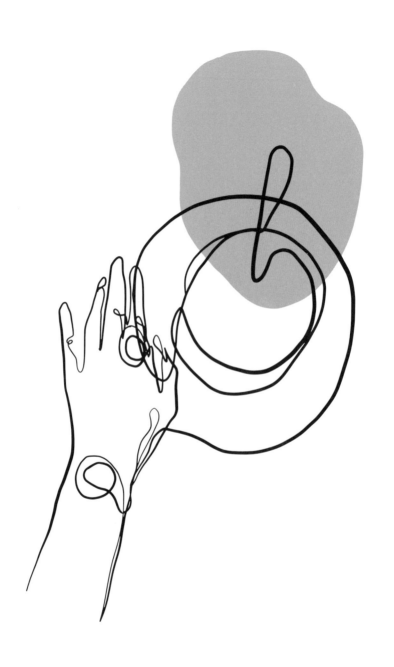

때로는 자기중심적으로

:

"일에 대한 열정이 크고 이상이 높을수록
종종 그런 순간이 찾아왔다."

아무리 일을 좋아해도, 나는 일 앞에서 종종 약해진다. 지금 주어
진 일을 잘하지 못하고 있다는 생각에 사로잡히거나, '이거 말고
저게 내 업무였으면' 하는 바람이 생기곤 할 때 그렇다. 일 앞에서
약해진다는 건 일을 관두고 싶어진다는 얘기다. 내 경우로 미뤄
보면, 일에 대한 열정이 크고 이상이 높을수록 종종 그런 순간이
찾아왔다.

하지만 일을 좋아하는 마음이 일을 관두고 싶은 기분보다 내겐
더 본질적인 것임을 알고 있다. 때문에 그런 순간들을 대수롭지
않게 참고 견딜 수 있는 나름의 처방을 만들었다. 그중 하나가 '돈

도 받고 일도 배운다'고 생각하는 것이다. 어떤 상황에서도 자신에게 좋은 쪽으로 생각하는 마인드 컨트롤이다. 고대 그리스 천문학자였던 프톨레마이오스의 천동설을 떠올려 보자. '우주의 중심은 지구이고, 모든 천체가 지구 주위를 돈다'는 이론처럼 일종의 자기중심적 생각에 빠져 보는 거다. 아무리 뜨겁고 화려한 태양도 결국 지구인 '나'를 중심으로 돌고 있다고 상상해 보면 기분이 좋아진다. 나를 위해 회사가 있고, 이 회사가 내게 돈도 주고 배울 기회도 준다는 식으로 말이다. 실은 지구가 태양을 도는 게 사실이라 해도, 무슨 상관이랴. 자신을 위로할 수 있는 생각으로 어렵고 힘든 상황을 의연하게 견딜 수 있다면…… 괜찮다.

일은 돈을 벌게 해 주어야 하고, 능력을 발휘할 수 있게 해 주어야 한다. 내가 생각하는 일의 두 가지 조건이다. 모두 성취감의 문제다. 원하는 걸 이루었다거나 이루고 있다는 성취감이 중요하다. 이런 성취감이 사라지면 일을 관두고 싶어지는데, 나는 그럴 때마다 '지금 일을 배우면서 돈을 받고 있다'고 생각한다. '뭐라도 배우고 있다'는 생각으로 대신 성취감을 찾는 것이다. 일하면서 얻는 배움이 특별히 새롭거나 엄청나지 않더라도, 만족되지 않는 상황을 견디는 것 자체로 성숙할 수 있다. '내가 뭐라고…… 이 회사가 돈도 주고 일까지 가르쳐 주고, 인내심까지 기르게 해 주는 거지?

고마운 일이군' 이렇게 생각해 보는 거다. 그러면 자존감이 떨어지기보다 오히려 묘한 만족감이 생긴다. 숨통이 트이고, 웃어넘기게 되기도 한다.

실제로 나는 십수 년 동안 기자로 살면서 매일매일 배우고 있다. 일을 하면서 관심 영역과 호기심을 확장하고, 많은 것을 깨닫는다. 평탄한 순간에 자기가 했던 말이 위기의 순간엔 족쇄로 되돌아오는 정치인들의 사례를 보면서 내뱉는 말 한마디의 중요성을 거듭 상기하게 되었고, '백년지대계(百年之大計)'를 지향하는 교육 정책도 결국 시대 상황에 따라 운명을 달리할 수밖에 없다는 걸 알게 되었으며, 검찰 권력이 정치 권력으로부터 결코 자유롭지 못함을 눈앞에 있는 취재원들을 통해 직접 느낄 수 있었고, 우리는 무의식중에 국력의 크기에 비례해 나라별 뉴스의 비중도 재산정하고 있다는 사실을 체감했으며, 조금 더 먼 미래를 말하는 과학뉴스에까지 깊은 관심을 쏟기엔 사람들이 너무 바쁘고 현실적으로 살고 있음도 이해하게 되었다.

일본 교토 세라믹주식회사(현 교세라)의 창립자이자 세계적인 기업가 이나모리 가즈오는 자신의 책 『일심일언』에서 "성실하게, 최선을 다해 일하는 행위야말로 훌륭한 인간을 만드는 유일한 비결"

이라고 말했다. 그는 2010년 막대한 부채를 끌어안고 회생 절차에 들어갔던 일본항공(JAL)을 정상화시키고 1년 만에 최대 수익을 낼 정도로 탁월한 일꾼이었다. '경영의 신'으로 불릴 정도다. 반전은 그런 이나모리 역시 "회사를 그만두고 싶었던 때가 한두 번이 아니었다"는 고백을 했다는 것이다. 그러니 우리 이렇게 생각하자. 돈도 받고 일도 배운 끝에 더 커진 능력으로 더 멋진 일을 하게 될 거라고 말이다.

나만의 골든타임

:

"삶의 끝까지 누구에게나 공평하게 새로 주어지는
하루의 출발선에 서면 난 늘 노력하는 인간이 되고 싶어진다."

십수 년 동안 오늘 일은 언제 마치게 될지 장담할 수 없는 나날들
을 보내고 있다. 대부분은 일이 늦게 끝난다. 메인 뉴스가 시작되
는 시간은 저녁 8시다. 뉴스가 시작되고 나서야 퇴근할 때가 많다.
그래서 퇴근 후 밤 시간에 큰 의미를 두지 않는 편이다. 귀가하면
되도록 빨리 씻고 잠들기 바쁘다. 어떤 때는 씻는 것조차 힘겨울
정도로 지쳐 있다. 침대에서 습관적으로 책을 보다 잠들긴 하지
만, 금방 쏟아지는 졸음에 쉽게 굴복한다. 밤 시간은 나의 의지대
로, 안정적으로 확보할 수 있는 시간이 아니다.

그러다 보니 나만의 시간은 출근 전에 만들어야 한다. 이른 새

벽 시간은 내가 마음먹고 깨어 있기만 하면 언제나 온전히 누릴 수 있기 때문이다. 특히 온종일 회사에 매여 있으면서도 일의 의미를 찾지 못하고 있다는 생각이 들어서 맥이 빠질 때면, 난 더욱더 새벽 시간에 집중한다. 그러면 나 자신만은 날 위해 살고 있다는 확신이 든다. 이 시간이 쌓이면 결국 '믿을 구석'이 생긴다고 생각하게 된다.

글을 쓰는 요즘 알람이 울리는 시간은 새벽 4시다. 알람이 울리면 잠결에도 침대에서 내려와 거실로 나온다. 테이블 의자에 걸쳐 둔 폭신한 수면 가운을 입고 화장실로 가 양치를 한 뒤 부엌으로 간다. 네스프레소 커피머신에 캡슐을 넣고 버튼 두 개를 잇달아 누른 후 잠시 기다리면 '윙'하는 진동 소리와 함께 쌉쌀한 커피 향이 금세 퍼져 나온다. 좋아하는 향을 맡으면 비로소 난 완전히 깨어난다. 에스프레소 표면에 생긴 황금빛 크림, 크레마를 보면 언제나 기분이 좋다. 마침내 커피 한 모금이 목을 타고 넘어가면 혈관을 타고 도는 카페인 덕분인지 하루를 일찍 시작하는 기분이 얼마나 상쾌하고 뿌듯한지를 알아차리게 된다. 메이슨 커리가 쓴 『리추얼』에서 베토벤이 매일 새벽 60개의 커피빈을 직접 갈아서 커피를 만들어 마시고 작업에 몰두했다는 얘기를 읽었다. 그걸 알고 나니 커피와 함께 시작되는 나의 새벽이 전보다 더 특별하게 느껴졌다. 그렇게 새벽 6시까지, 그러니까 본격적으로 출근 준비를 시작하기까지 두 시간 정도를 알뜰하게 보낸다. 읽고 싶은 책을 읽고, 원고를 쓰고, 간단한 스트레칭을 하거나, 좋아하는 음악을 듣는다. 오늘은 베토벤의「엘리제를 위하여」를 들었다.

일본의 뇌과학자 모기 겐이치로는 저서『아침의 재발견』에서 이런 시간대를 '골든타임'이라고 불렀다. 보통 아침에 깨어난 후 세 시간 동안 두뇌 활동이 가장 효율적이고 활발하게 이뤄진다는 것이다. "아침에 눈 떠서 집을 나서기 전까지 아무에게도 방해받지 않는 시간"을 "사회에 접속하기 전까지의 시간"이라고 했다. 늦게 잠드는 것보다 일찍 일어나는 걸 훨씬 더 잘하고 더 좋아하는 나로선 굳이 이런 책까지 읽으며 모르던 걸 배울 일은 없다. 그럼에도 내가 옳은 길을 가고 있음을 확인하기 위해 책을 읽는다. 일종의 '신념 강화용' 독서다. 새벽 시간을 '사회에 접속하기 전까지의 시간'으로 규정해 주고, 골든타임으로 의미를 부여해 준 덕분에 나는 오늘도 나름의 노력을 이어간다.

때때로 이른 새벽은 '에라 모르겠다' 하고 루틴을 벗어났던 나 자신을 수정하는 시간이기도 하다. 만약 전날 밤 몹시 지친 상태로 귀가해 뭔가를 허겁지겁 먹는 걸로 스트레스를 풀었다면 이 시간에 일어나 휴대폰에 깔아둔 운동 앱을 켜고 잠깐이라도 운동을 한다. 가끔 청소를 미뤄두거나 집안을 어질러 두었다면 달밤에 체조한다는 핀잔을 들을지언정 이 시간에 일어나 정리 정돈을 한다. 화장을 지우지 않은 채 잠들었다면 이 시간에 일어나 꼼꼼히 클렌징을 한 후 팩까지 붙인다. 처음엔 분명 특별한 노력이었는데, 점차 좋은 습관으로 자리잡은 삶의 방식이 되고 있다. 내가 누리는 새벽은 성실하고 만족스러운 나로 사는 시간이고, 누구에게도 방해받지 않고 오롯이 혼자되는 시간이며, 고요히 침묵하며 내면에 집중하는 시간이고, 꿈이 영그는 시간이다.

『바람과 함께 사라지다』의 스칼릿 오하라는 "내일은 또 새로운 날이 시작된다"며 희망을 품었고, 『빨강머리 앤』의 앤 셜리는 "내일은 아무 실수도 하지 않은 새날"이라고 좋아했다. 스칼릿이나 앤 같은 마음속 오랜 인연들이 내 안에 여전히 살아 있어서일까. 늘 내일을 기대하는 나는 그 내일이 새로 시작되는 새벽을 지극히 사랑한다. 삶의 끝까지 누구에게나 공평하게 새로 주어지는 하루의 출발선에 서면 난 늘 노력하는 인간이 되고 싶어진다. 기대하고 설레게 된다. 1분 1초가 아깝다는 생각이 들어 나도 모르게 치열해진다. 온갖 일과 사람들에 부대끼며 투쟁해야 하는 시간에 앞서 나만의 골든타임이 필요하다. 그 골든타임을 잘 보내고 나면 자신감과 자존감이 다시 움튼다는 걸 안다.

　뇌과학적으로는 밤에 자는 동안 어제의 기억들이 필요한 것과 필요하지 않은 것으로 구분되면서 말끔히 정리된다고 한다. 그래서 다시 아침이 오면 머리가 맑아지는 것이란다. 그렇게 맑아진 머리와 특별한 노력으로 채워진 나를 이끌고 오늘도 집 밖을 나선다. '오늘 하루도 잘될 거야!' 주문을 외우면서.

약해질 때의 처방

:

"그렇게 가끔 칭찬이 너무나 듣고 싶다."

나는 칭찬받는 게 너무 좋다. 설령 누군가 큰 진심 없이, 예사로 해 준 칭찬이어도 마냥 즐겁게 받아들인다. 기분 좋은 칭찬들을 메모장에 적어 두고 울적하거나 무기력할 때 읽어 보기도 한다. 칭찬은 정말 나를 춤추게 한다. 고래보다 더 많이.

그래서 난 슬럼프에 빠지거나 의욕이 없어질 때면 아예 직접 칭찬을 주문하거나 부탁한다. 남편과 딸처럼 만만한 가족들은 물론이고 친한 친구들에게도 나를 칭찬해 달라고 적극적으로 애원(?)한다. 엎드려 절 받기라도 기분이 좋아지기 때문이다. 그렇게 가끔 칭찬이 너무나 듣고 싶다.

얼마 전 열 살 된 딸 서윤이에게도 칭찬을 구했다. 회사 일에 흥미가 떨어지고 회의감이 밀려오던 날이었다. 휴일에 딸의 손을 잡고 동네 길을 터벅터벅 걸어가며 "서윤아, 엄마 칭찬 하나만 해 줄래?"라고 청했다. 그랬더니 서윤이는 아주 선심 쓴다는 듯 "엄마의 장점은 기자라는 거야"라고 답해 줬다. 허걱…… 웃어야 할지 울어야 할지 모를 기분이 들었다. 이어서 서윤이는 마치 내 속을 꿰뚫고 있다는 듯 "엄마, 그냥 작가 말고 기자로 성공해. 엄마가 찰스 디킨스나 제인 오스틴은 아니잖아?"라고 동심 어린 훈계를 내놨다. 열 살짜리 딸로부터 생각지도 못한 대가들의 이름을 듣고는 조금은 멍해진 채 나는 되물었다. "너, 찰스 디킨스나 제인 오스틴이 뭘 썼는지 아는 거야?" 딸은 다시 태연하게 답했다. "찰스 디킨스는 뭐 썼는지 모르고, 제인 오스틴은 『오만과 편견』을 썼지." 나는 서윤이에게 '『오만과 편견』을 읽어 봤는지'를 더 묻진 않았다.

어쨌든 딸로부터 '기자로 일하고 있다'는 점만큼은 칭찬받았다는 사실을 되새기며 "너도 커서 엄마처럼 일할 거니?"라고 물어봤다. "일하는 거 힘들거든……"이라고 털어놓으면서. 그러자 서윤이는 "힘들어도 즐거움도 있을 테고, 만약 남편이 일하러 가고 없으면 난 할 일도 없잖아"라고 되받았다. 난 속으로 서윤이가 벌써 결혼할 생각을 당연하게 한다는 것과, 남편이 없으면 할 일이 없을 거라고 생각한다는 데 대해 조금 놀랐다. 아이는 커 가면서 생각을 바꾸고 몰랐던 걸 알게 되기도 하니까 당장 더 깊은 논쟁을 할 필요는 없겠지. 혼자서 잠시 그런저런 생각에 빠져 있는데, 서윤이는 "그리고 일을 해야 유명해지지"라고 한마디 덧붙였다. 마치 숨겨 둔 비장의 이유를 들이대기라도 하듯 말이다. 일을 해서 유명해지려면 남다른 노력을 기울여야 할 거란 걸 말해 주고 싶었지만, 아이의 행복한 야망을 지켜 주고 싶은 마음에 더 말하기를 멈추었다. 기대했던 칭찬을 받진 못했지만 내 딸이 '기자로 일하는 엄마'를 자랑스러워하고 있음을 확인한 날이었다.

딸이 자랑스러워하는 것과는 별개로 나는 때때로 기자라는 직업을 버겁게 생각해 왔다. 나는 비판보다 칭찬을 더 잘하고 더 좋아하는 사람이기 때문이다. 나쁜 걸 꼬집어 잡아내기보다 좋은 걸 확대해 보는 게 더 익숙하고 편한 부류다. 하지만 기자의 눈에는 나쁜 것, 부조리한 것들이 먼저 밟혀야 한다. 그래야 '개선'을 염두에 둔 질문을 던질 수 있기 때문이다. 그래서 나는 행여나 기자로서의 자질에 빈틈이 생기지나 않을지 노심초사하며 확인하곤 했다. 신문사에 다니던 초년생 기자 시절, 당시 모 데스크 선배가 나더러 "네 눈엔 세상이 다 아름답게 보이는데 어떻게 뼈아픈 기사를 쓰겠느냐"며 칭찬보다 비판에 가까운 한마디를 던진 적이 있다. 내게는 오랫동안 일종의 콤플렉스로 남았던 말이다. 하지만 개인적 기질이나 성향이 어떻든 간에 유능한 기자가 되고 싶었던 나는 기자로서의 다른 자질(예를 들어 '논리'와 '균형감')을 더 가꾸는 데 집중하자고 마음먹었다. 단호하고 뾰족하게 비판하는 게 어렵게 느껴질 때마다 스스로를 그렇게 합리화했다.

　이처럼 나는 '칭찬'과 '비판'이라는 양극단의 주제에 매달려 살아왔다. 기자인 나는 비판을 잘해야 하지만 개인으로서의 나는 언제나 칭찬을 주고받길 갈구한다. 이런 게 삶의 아이러니일까. 하지만 만약 둘 중 하나만 골라야 한다면 미련 없이 칭찬을 택할 것이다.

방탄 믿음으로 버티기

:

"강해져야 할 땐 '믿음'이 필요하다."

나는 커피를 좋아한다. 이른 새벽에 잠을 깰 때도, 울적한 기분을 리셋하고 싶을 때도, 좋은 기분을 만끽하고 싶을 때도, 집중해야 할 때도, 다이어트를 하고 싶을 때도 커피를 마신다. 버터도 좋아한다. 버터는 빵에 발라 먹는 걸 가장 좋아한다. 여행지 호텔에서 즐기는 조식 뷔페에 언제나 무한정 쌓여 있는 빵과 버터, 레스토랑을 가도 맨 먼저 나오는 빵과 버터를 그날의 최고 메뉴로 여길 정도다. 특히 살짝 따뜻한 크루아상을 손으로 찢어서 버터를 발라 먹을 때 느끼는 행복감이란 이루 말할 수가 없다. 아, 커피와 크루아상과 버터가 있는 식탁은 언제나 풍요롭다!

그래서 '방탄 커피'가 나왔을 때 너무 흐뭇했다. 커피에 버터를 넣어서 총알을 막을 수 있을 정도의 에너지를 주는 커피가 다이어트에도 도움을 준다니, 얼마나 만족스러운 광고 카피인가. 스카치 캔디 버터 맛이 나는 고소한 커피 한 잔을 마신 후에는 정말 일순간 식욕이 떨어지고 힘이 솟는 기분이었다. 남편은 아예 집에서 방탄 커피를 만들어 먹겠다며 커피콩 그라인더와 프랑스산 무염버터, 고급 코코넛오일 등을 사들이기도 했다. 어쨌든 이렇게 방탄 커피의 효능을 철석같이 믿으면서 만들고, 마시고, 느끼는 일련의 과정은 나름대로 재미가 쏠쏠했다. 어느 날 식품의약품안전처에서 허위 과대광고를 한 방탄 커피 업체들을 적발했다며 "사실은 다이어트 효과도 별로 없고 장기적으로는 건강을 해칠 수도 있다"고 경고한 뉴스를 본 후로 김이 새 버리긴 했지만.

아마도 방탄 커피는 내게 일종의 '플라세보 효과(placebo effect)'를 줬던 것 같다. 가짜 약을 먹으면서도 믿음과 기대로 증상이 호전되는 효과 말이다. 처음 알려진 대로 그 효능이 사실이면 더 좋겠지만 크게 문제 삼고 싶지 않다. 어차피 나는 종종 이런 플라세보 효과를 삶에 의도적으로 적용시킨다. 강해져야 할 땐 '믿음'이 필요하다.

일을 하는 우리는 끊임없이 힘들지만 자신도 모르는 사이에 매일을 태연하게 겪어 내고 있다. 하지만 일하면서 느끼는 지치고 싫증 나는 감정 중 상당 부분은 시간이 지나면 괜찮아지곤 하는 '거짓 감정'이기도 하다. 그래서 힘든 마음이 스쳐 가는 순간을 가능한 한 무난하게 극복하는 일에도 단련이 되어야 한다. 내가 찾은 방법은 일단 무조건 '잘될 거야', '나아질 거야'라는 믿음의 기술을 발휘하는 거다. 이름을 붙여 보자면 '방탄 믿음'쯤 될 것 같다.

그러고 보면 난 비교적 잘 믿는 사람이다. 특히 내게 좋은 걸 잘 믿는다. 뭔가 뜻대로 일이 잘 안 풀린다고 생각될 때 운세를 찾아보거나 타로점을 보러 갈 때도 있는데, 항상 내 목적과 의도는 정해져 있다. 좋은 얘기를 듣고 그걸 믿겠다는 쪽이다. 대부분 운세를 보면 좋은 것도 있고 나쁜 것도 있기 마련인데, 좋은 것만 믿는 편이다. 나쁜 전망은 속 편하게 아예 무시해 버린다. 광고도 잘 믿는다. 방탄 커피 광고처럼 기대하는 바를 충족해 주는 카페엔 기꺼이 신뢰를 보낸다. 예를 들어 먹거나 붙이면 체지방이 감소한다거나 부기가 빠지고 브이라인을 찾게 된다는 식의 광고는 솔직히 언제나 믿고 싶다. 정말 그렇게 되리라 하는 일종의 플라세보 효과를 기대하기 때문이다.

물론 거짓 정보에 유혹당하고 헛된 망상에 빠지는 일은 경계해야 한다. 그럼에도 자신과 주변 상황에 대한 긍정적인 믿음은 일시적인 어려움으로 흔들리는 일을 줄여 준다. 시시때때로 변하는 외부 요인에 따라 번번이 내 기분과 감정이 좌우되는 일만큼 피곤한 것도 없지 않은가. 그럴 때면 난 늘 스스로에 대한 철벽같은 '방탄 믿음' 안에서 중심을 잡아 보려 노력한다.

믿음을 갖춘 후라면 믿는 대로 행동해야 한다. 믿음에 행동이 뒤따라야 비로소 힘든 상황을 극복할 힘이 생긴다. 일이 어려워서 포기하고 싶어질 때 잘될 거라고 스스로를 다독였다면, 다음으로는 뭐든 노력을 들여 해 보는 '행동'이 필요하다. 당연하고 단순한 얘기 같지만 자신이 원하는 걸 위해서 뭔가를 하는 중이라고 의미를 부여하고 자각하는 것과 그렇지 못한 것엔 큰 차이가 있다. 행동이 의미 있다고 확신하면 한결 수월하게 지속할 수 있다. 난 노력할 때마다 언젠가는 합당한 보상이 되돌아올 거라는 자기 암시를 반복한다. 자신이 잘할 수 있다고 믿는 것을 '자기 효능감'이라고 하는데, 이 또한 생각과 행동이 함께 가야 의미가 있다.

내게 보탬이 되는 일이 무엇인지를 파악하는 건 합리적인 이성의 몫이다. 이성이 답을 찾으면 믿음을 보태야 한다. 이 약을 먹으면 나을 거라는 믿음이 실제로 좋은 효과를 내게 한다면, 지금 노력하는 행위가 상황을 반전시킬 거란 믿음도 좋은 결과를 부를 것이다. 분명히 노력하는 와중에도 슬럼프는 예고 없이 찾아온다. 나는 그때마다 잘될 거라는 '믿음의 방패'로 화살을 막고 바람을 피한다. 정말로 그게 최선이기 때문이다.

가끔씩은 길티 플레저

:

"쌓인 스트레스를 해소하고 싶었고,
그러면서도 곧바로 본래 궤도에 오르고 싶었다."

"나는 나에게 일어난 것이 아니라, 내가 되기로 선택하는 것이다
(I am not what happened to me, I am what I choose to become)." 스위스 출신
정신과 의사이자 분석심리학자인 카를 구스타브 융이 한 말이다.
융이 생각하는 방식을 알려 줬을 뿐 이미 우리는 언제나 자신에게
유리해 보이는 것들을 선택하며 살고 있다. 하지만 가끔은 평소라
면 절대 하지 않을 법한 선택을 하기도 한다. 자신의 일반적 행동
범주에서 벗어난 것들이다.

'길티 플레저(guilty pleasure).' 약간의 죄책감(?)을 느끼면서도, 그
러면 안 된다고 생각하면서도 즐기는 행동들이 그렇다. 어떻게 보

면 그런 즐거움에 탐닉하는 순간 나는 진짜 내가 아니다. 평소와 달리 '좋지 않은 선택'을 하면서 잠시나마 궤도에서 이탈한다. 약간의 후회는 남지만 의식적인 선택과 결정이었으니 이번만큼은 스스로를 봐주자 하면서 말이다.

예를 들어 퇴근 후 먹는 것과 관련해 내겐 본 궤도가 있다. 저녁 8시에 메인 뉴스를 시작하는 방송국에서 일하다 보면 회사에선 군것질거리로 대충 때우고 저녁을 지나칠 때가 많다. 퇴근해서 집에 오면 이미 밤 9시가 훌쩍 넘어 있다. 배고픈 상태로 잠들거나 허기를 참는 스타일은 아니라 보통은 햇반에 김, 혹은 땅콩 잼을 바른 토스트 몇 쪽, 혹은 고구마나 사과, 시리얼 같은 것들로 간단히 먹는다. 와인도 한두 잔 마시는데 그래야 하루의 피로가 날아가는 느낌이 든다.

하지만 간혹 영양가는 낮고 열량은 높은 음식들을 많이 먹기로 작정한 날엔 궤도에서 이탈한다. 특별히 일을 많이 해 성취감이 높은 날이나, 반대로 영 짜증이 솟구치는 날처럼 감정 상태가 예사롭지 않은 날에 그러곤 한다. 달달하거나 짭조름한 스낵류라든지, 버터와 설탕 범벅일 쿠키, 초콜릿으로 코팅된 아이스크림이나 매운 인스턴트 떡볶이, 심지어 생라면도 부셔 먹는다. 과자나 아이스크림은 침대 위에서 먹기도 한다. 특히 아주 편한 자세로 침대에 기대앉아 TV나 책을 보면서 과자(특히 새우깡!) 한 봉지를 다 먹으면 남달리 즐겁다. 일하지 않는 주말이나 휴일 전날 밤에도 종종 그런다. 피자나 통닭, 라면에 밥, 자장면과 탕수육 등……. 작정하고 먹으면서 약간의 죄책감을 느끼거나 후회한다(내가 죄책감을 느끼거나 후회하는 대목은 이런 음식 대부분이 '고칼로리'여서 체중 조절에 실패하게 된다는 부분이다).

먹는 것 말고도 순간적 충동에 끌려 하게 되는 선택들이 몇 가지쯤 더 있다. 지금은 회사에서 내근을 하는 처지라 꿈도 꿀 수 없게 되었지만, 외근을 하던 시절엔 가끔 출입처를 벗어나 서점을 배회하거나 일찍 귀가해 버린 적도 있다. 나는 누가 보든 안 보든 규칙적이고 성실하게 일을 해야 스스로 만족하는 쪽이지만, 일이 아주 안 풀리거나 취잿거리조차 찾지 못하면 '에라 모르겠다'는 심정으로 일과의 룰을 왕창 무너뜨려 버릴 때가 있다. 물론 아주 드문 일이다. 또 심신이 너무 피곤한 날엔 화장을 지우지 않고 자 버린다거나, 내가 계획하고서도 하기 싫은 마음이 생기면 이런저런 핑계를 대며 운동이나 어학 수업 등을 무작정 빼먹기도 한다.

우리가 길티 플레저를 찾게 되는 순간들은 대부분 스트레스 상황과 연결돼 있다. 일종의 보상 심리가 발동해 자신을 지탱해 주고 있던 룰을 깨고서라도 일시적 쾌락을 추구하게 되는 것이다. 하지만 이처럼 간혹 맛보는 비합리적 쾌락이 빡빡한 일상을 견디고 일을 계속해 나갈 수 있도록 도와주는 것도 사실이다. 안 좋은 것임을 알고도 내가 선택한 거니까, 즐거움과 함께 찾아오는 약간의 죄책감은 그냥 무시해 버리자 싶다. 찜찜해 하지 말고, 자아비판도 하지 말고, 스스로가 마음에 들지 않아도 너그럽게 받아들이는 거다. 다음날 체중이 갑자기 늘어나도, 피부 상태가 엉망이 되어도 후회 없이 받아들일 때 비로소 길티 플레저는 효과를 거둔다.

그럼에도 난 사실 길티 플레저의 횟수가 늘어나는 걸 원하진 않는다. 내가 정한 규칙을 깨지 않고 일상의 안정된 궤도를 이탈하지 않을 때 더 만족스럽기 때문이다. 그럴 수만 있다면 매사 성실하고 싶다. 성취감은 결국 성실함 끝에 뒤따르는 거란 걸 알고 있어서다. 어쩌면 나의 길티 플레저는 잠깐의 일탈 후 다시 궤도로 돌아왔을 때 '내가 얼마나 정돈된 모습으로 노력하며 살고 있는가'를 깨우쳐 주기 위한 건지도 모르겠다. 불안한 항로를 잠시 피했다 다시 정상 궤도에 진입하기 위해 필요한 특별 조치쯤 된다고나 할까.

며칠 전에 라면에 밥까지 말아 먹고 꾸역꾸역 필라테스 수업에 갔다. 라면에 밥을 말아 먹은 건 나의 길티 플레저였고, 필라테스 수업을 거르지 않은 건 나의 루틴이었다. 길티 플레저가 루틴의 효과를 상쇄했을 게 뻔하지만 그날 내겐 두 가지 의미가 모두 필요했다. 쌓인 스트레스를 해소하고 싶었고, 그러면서도 곧바로 본래 궤도에 오르고 싶었다.

금을 굴리는 심정으로

:

"긴 시간 온에어 상태인 인생에 적절한 침묵을."

'말해 봐야 뭐하나.' 급기야 이런 생각까지 들면 내게 남은 에너지
가 거의 없다는 얘기다. 의사를 확실하게 전달하고, 뭐든 명료하
게 맺고 끊는 게 적성에 맞는 내가 '말하기'를 포기할 때는 정말
울고 싶다는 의미다. 심신이 피곤해진 상태다(물론 나의 성격이 그렇
다는 것이다. 굳이 말하지 않고 그냥 무심히 덮어 두고 지나가도 시간이 흐르면서
자연스럽게 해결되거나 생각보다 괜찮아지는 일들도 많다는 걸 이젠 안다).

일을 할 때도 마찬가지다. 어렵고, 힘들고, 그래서 마음조차 약
해지면 난 보통 침묵한다. 본능적인 반응인데, 그저 망연자실에
가깝다. 이런저런 일들로 마음이 상해 있을 때도 더 이상 말을 하

고 싶지 않다. 자조하는 순간에도 말을 잃는다. 말은 에너지가 남아 있을 때 하는 것이다. 실제로 '말할 기운도 없다'는 말이 있지 않은가. 몸과 마음의 에너지 수준이 비교적 평균 이상인 내가 말을 포기하면 난 무척 두렵고 쓸쓸해진다.

　그런데 이렇게 끝없이 곤두박질친 마음 탓에 말없이 있다 보면, 신기하게도 비로소 침묵의 효험을 체득하게 된다. 기분이 나빠서건, 기운이 없어서건 이유를 불문하고 고요히 있어 보면 알 수 있다. 상대나 외부를 향해 불평하고 화를 내는 대신 자신에게 질문하는 순간이 찾아온다는 걸 말이다. '일시 정지' 모드에 들어가 나 자신과 대화하는 시간이다. 하나, 둘…… 가만히 호흡을 가다듬다 보면 마음의 소용돌이도, 절망도 차츰 가라앉는다. 지금 내가 뭘 할 수 있는지 생각나거나 얼마쯤의 에너지가 다시 차오르기도 한다. 무엇보다 기분 따라 쓸데없는 말을 하지 않을 수 있다는 게 큰 소득이다. '침묵은 금'이라는 격언을 떠올리면서 금을 굴리는 심정이 되어 본다. 말하지 않는 동안 나를 돌아보고, 균형감과 자신감을 되찾는다.

　침묵의 장점을 알기에 나는 틈틈이 의식적으로 노력한다. 꼭 마음 상태가 불안정하거나 화가 나거나 절망에 빠지지 않았어도 일부러 나와 주변을 조용한 상태로 두려는 시도를 해 본다. 음악을 듣고 영화를 보는 것도 좋아하지만, 책을 읽고 그림을 보는 걸 더 좋아하는 이유도 그 때문이다. 물리적으로 조용한 시간 속에선 내면의 목소리가 들린다.

일을 할 때는 언제나 필요한 메시지를 정확히 전달해야 한다는 걸 신조로 삼고 있지만, 그러기 위해서도 침묵이 필요하다. 이 말이나 저 말이나 똑같은 불평불만과 잔소리로 들리게 해선 안 되기 때문이다. 물론 말의 많고 적음을 조절하는 건 쉬운 일이 아니다. 내게도 늘 어려운 일이다. 같은 말이나 무의미한 말을 반복하지 않기 위해서 틈틈이 자문하고 자각한다.

몰두해서 일할 때는 특히 말을 멈추고 침묵해야 한다. 나는 어떤 일이든 우리가 몰입해서 정성을 다한 결과물은 '예술'과 다를 바 없다고 생각하곤 하는데, 침묵 속에서 작품이 탄생하는 법이다. 19세기 영국의 가장 위대한 소설가로 꼽히는 찰스 디킨스도 "주변이 무조건 조용해야" 글을 쓸 수 있었는데, "그의 서재에는 소음을 차단하기 위해 덧문이 추가로 설치되어 있을 정도였다"고 한다 (메이슨 커리, 『리추얼』 중에서). 하긴, 디킨스까지 언급할 필요도 없다. 설령 주변이 소란스러워도 기사를 쓰는 순간만큼은 자신만의 침묵에 빠져 있는 동료들이 그렇고, 노트북 화면을 뚫어져라 응시하면서 타닥타닥 자판을 두드려 글을 쓰고 있는 지금의 나 역시 극단적인 침묵에 빠져 있다. 중요한 일을 해내는 모든 순간에 분명 우리는 최소한 침묵한다. 말하는 건 에너지를 뺏기는 행위지만, 침묵하는 건 에너지를 충전하는 일이다. 그리고 자신을 컨트롤하는 일이다.

요즘은 그럴 일이 거의 없지만, 예전에 카메라 앞에서 생중계라도 할 때면 단 몇 초만 할 말을 머뭇거려도 방송 사고를 낸 것 같은 느낌을 받곤 했다. 방송은 웬만해선 침묵이 흐르는 '포즈(pause, 쉼표)'를 허용하지 않기 때문이다. 원고가 있든 없든, 준비가 되었든 안 되었든 끊임없이 잘 말하는 게 중요하다. 방송에선 침묵으로 자신과 시청자들을 컨트롤하는 일이 사실상 불가능한 것이다. 코르넬리아 토프의 『침묵이라는 무기』를 읽다가 한 단락을 꽤 오래 곱씹었던 것도 내 일터에 대한 얘기였기 때문이다.

학자들의 조사 결과, 뉴스는 사람들의 기억에 거의 남지 않는다고 한다. 캘리포니아가 바다로 가라앉거나 미국 대통령이 교황과 결혼하는 것 같은 충격적인 사건이 아니라면 말이다. 그렇다면 우리가 뉴스를 보고도 내용을 거의 기억하지 못하는 이유가 뭘까? 앞에서도 말했듯이 TV에서 시간은 곧 돈이기에 뉴스는 정보로 빽빽하게 채워져 있기 때문이다. 심지어 멈추지도 않는다.

_코르넬리아 토프, 장혜경 옮김, 『침묵이라는 무기』(가나출판사, 2019), 191쪽

아무리 그래도 방송 기자인 내가 TV 뉴스의 내용을 아무도 기억하지 못할 거란 내용을 인용하고 있으려니 뭔가 잘못하는 것 같다. 하지만 어느 정도는 진실이다. 머리로 생각하고 마음에 포즈를 두며 읽어 내려간 책 속의 글귀나 신문 칼럼의 명문은 기억해도 방송 뉴스의 문장을 오래도록 기억하는 사람은 거의 없을 것이다. 아무리 좋은 문장이라도 쉼 없이 흘러가는 말로 바뀌는 순간 오래 남지 못한다. "TV는 심지어 멈추지도 않는다"고? 휴. 정말 그렇다. 휴일에도 당번이 돌아간다. 아⋯⋯!

이처럼 방송국 사람들이 '온에어(on air, 방송 중)' 상태에선 끊임없이 말을 하는 데 집중하는 게 사실이지만, 일을 하다 보면 침착하기 위해 잠시 침묵해야 하는 순간도 분명 있다. 나는 부끄럽거나 당황스러울 때, 혹은 말을 계속 이어가야 한다는 강박에 사로잡혀 있을 때 쓸데없는 단어들(예를 들어 '사실', '이제' 등)을 계속 반복하고

있음을 느낀다. 침착해야 하는 순간 '차라리 단 몇 초만이라도 침묵한다면 더 좋았을걸' 하고 순식간에 후회하면서 말이다. 개인적으로는 아무리 방송이라도 무의미한 단어들로 순간의 위기를 모면하는 과장된 자연스러움보다 차라리 일시적 침묵을 택하는 편이 좋다고 생각한다.

더 이상 기운이 없어서건, 호흡을 고르기 위해서건 제대로 침묵하는 법을 익히면 침묵하는 동안 성장한다. 헤밍웨이는 "말을 배우는 데는 2년이 걸리지만, 침묵을 배우는 데는 평생이 걸린다"는 말을 남겼다고 한다. 긴 시간 온에어 상태인 인생에 적절한 침묵을 반영하는 법을 계속 배우고 싶다. 평생 배워 나갈 각오를 다져 본다.

샤넬은 휴일을 두려워했다는데

:

"밖을 향한 관심을 내 안으로 돌리고 싶다."

여성들에게 코르셋을 입지 않아도 될 자유를 선사하며 20세기 현대 패션을 선도했던 코코 샤넬은 일요일을 두려워했다. 일주일에 6일을 일했고, 휴일을 싫어했다. 많은 연인이 있었지만 평생 독신으로 살았던 그녀에겐 일이야말로 진정한 동반자였다. 때문에 일하지 않는 휴일이 쓸쓸했고 두려웠던 것이다.

이유는 다르지만 나도 휴일이 조금은 두렵다. 주말 연휴든 한주 정도의 휴가든 시작될 때의 설렘과 끝날 때의 허전함을 짧은 기간 안에 한꺼번에 느껴야 하기 때문이다. 그리고 휴일이 끝나면 일하기 싫어도 회사로 돌아가 일을 해야 하기 때문이다. 학창 시절을 떠올려 봐도 일요일 오후부턴 괜히 불안해졌던 기억이 있다. 월요일이 되면 다시 학교에 가야 했고, 하기 싫어도 수업을 듣고 공부를 해야 했기 때문이다. 언제나 의무감이 두려움의 이유다. 어른이 된 지금도 일요일 저녁이면 그때와 비슷한 감정이 밀려온다. 그래서 옆에 있는 남편에게 "나 마음이 너무 허전하고 불안해"라고 말하곤 하는데, 그럴 때마다 남편은 "나도 그렇거든(그래서 뭐 어쩌라고)?"이라고 대꾸한다. 치. 천사라도 내려와 내 머리를 쓰다듬어 준다든가 토닥토닥 어깨를 두드려 주면 좋겠다.

'쉼'이 좋은 건 일을 하기 때문이다. 잘 쉬는 법에 관심을 갖는 것도 일을 더 잘하고 싶어서다. 쉬는 동안 다시 일할 때 필요할 힘을 벌어 두어야 한다. 지난 십수 년 동안 난 그 방법을 터득하기 위해 치열하게 고민했다. 그리고 이젠 나만의 '온(ON)-오프(OFF) 스위치'를 갖게 되었다. 휴일 앞에서 나는 자세를 맺고 끊는다. 아무도 모르겠지만, 나는 안다. 쉬는 나와 일하는 나는 결국 다른 사람이란 걸. 아마도 이 책을 읽고 있는 당신도 그러할 것이다.

내게 장착된 휴일 모드에 불이 들어오면 일단 나는 오프 상태이다(일하는 나는 '온', 쉬는 나는 '오프'로 스스로 상태를 정해 두었다). 그리고 가급적 몇 가지 원칙들을 지킨다. 기자라는 직업상 불가피하게 쏟아지는 뉴스에 매몰되어 사는 나는 쉬는 날엔 뉴스를 보지 않는다. 휴일만큼은 뉴스가 유발하는 '밖을 향한 관심'을 내 안으로 돌리고 싶다. 런던에서 일하지 않고 연수하던 1년 동안은 낯선 곳에서도 뉴스를 쫓아가는 금단 현상이 나타났던 게 사실이지만, 다시 서울로 돌아와 일하는 일상에 머물게 되자 나의 원칙이 되살아났다. 쉬는 날엔 뉴스에 거리를 둔다. 수습 시절부터 기자는 항상 연락 가능 상태를 유지해야 한다고 교육받았기에 평소엔 휴대폰 문자와 메일을 거의 실시간으로 확인하고 답하는 수준이다. 하지만 휴일엔 어느 정도 휴대폰을 버려둔다. 무음으로 설정해 둔 채 내킬 때만 확인한다. 일시적으로 풀려나는 느낌, 내가 나를 풀어 주는 느낌, 업무에서 철저히 분리되고 해방되는 느낌을 원한다.

쉬는 날 또 중요한 것은 잠을 보충하는 일이다. 주중에 미뤄 둔 잠을 주말에 보충한다. 새벽 5시 안팎이면 기상하는 아침형인 데다 갈수록 시간이 아깝다는 생각을 많이 하는 나는 평소에 잠을 많이 자는 편이 아니다. 보통 수면 시간이 대여섯 시간쯤 되는데, 다행히 베개에 머리를 대면 바로 잠든다. 수면의 질도 좋은 편이라 아직까진 적게 자도 잘 버틴다. 대신 쉬는 날엔 잠자는 여유를 누린다. 쉬는 날에도 일찍 일어나면 하루가 길어지는 기분이라 기상 시간을 크게 미루진 않지만 대신 낮잠을 잔다. 블라인드를 내리면 바깥은 환해도 방안은 어두워진다. 그럼 스탠드 조명 하나를 켜 놓고 포근한 침대 위에서 잠시 책을 읽다 잠드는데, 이 시간이 더없이 좋다. 두세 시간 푹 자고 일어나면 색다른 기분이 든다. 원래 밤이 되면 에너지가 급속히 다운되는 편이지만, 낮에 보충한 잠 덕분에 휴일엔 늦은 밤까지 기운이 충만하다. 잠을 더 자고, 좋은 그림이나 영화를 찾아보고, 마음껏 책을 읽으면서 삶의 여유를 만끽하고 있다는 확신이 들 때, 적어도 나는 안다. 일하던 내가 쉬는 나로 변해 있다는 걸 말이다.

막상 휴일이 끝날 무렵엔 다시 긴장하게 된다. 일하고 살아온 시간이 늘어나면서 이때쯤 찾아오는 복잡다단한 감정에 어느 정도는 적응이 되었지만, 여전히 울적하고 두려워진다. 휴일 모드에서 다시 워킹 모드로 돌아가기 위해 일종의 예열 작업에 들어가는 시점이다. 오프였던 나를 다시 온 상태로 서서히 변화시키는 시간. 모드를 효과적으로 전환하기 위한 핵심은 청소와 독서다.

휴일의 끝 무렵, 보통 저녁 6~7시쯤 와인 한두 잔을 곁들인 저녁밥까지 먹고 나면 끝내 우울하고 무기력한 감정이 들이닥친다. 갑자기 직장 생활이 더할 나위 없이 피곤하게 느껴지고 목에 뭐가 막힌 것 같은 기분이 들 때도 있다. 딱 떨어지는 이유가 있는 게 아니라 더 당혹스럽다. 이럴 때 나는 청소를 하면서 마음까지 정리하고, 독서로 지적 자극을 얻는다. 서서히 일하는 나로 돌아가기 위한 사전 정지(整地) 작업인데, 나로선 최고의 해법이다. 저녁을 먹었으니 양치하고 세수한 후 얼굴에 마스크 시트를 붙인 채 설거지를 하고 바닥을 닦고 이것저것 어질러진 게 눈에 띈다면 정리한다. 쌓인 빨래가 있다면 세제와 향기 좋은 섬유유연제를 붓고 세탁기도 돌린다. 청소할 땐 감각적이고 편안한 재즈 음악이나 유튜브에서 찾은 적당한 강연 영상을 틀어 둔다. 이렇게 바쁘게 집안을 청소하노라면 신기하게도 마음 한가득 넘실댔던 우울감이 차차 가라앉는다. 언젠가 스님들이 청소를 하면서 수행을 한다는 말을 들은 적이 있는데 청소는 역시 내면까지 정화하는 힘이 있다. 정리 정돈을 다 마친 후엔 핸드크림을 바르고 책을 든다. 밤에 커피를 마셔도 잠을 잘 자기 때문에 커피 한잔을 만들거나 와인 한잔을 따라 두고 종이 위의 활자들을 따라간다. 여기서 포인트는 깨끗이 정리된 상태에서 책을 읽는 것이다. 물리적으로도 정신적으로도 산뜻하게 리셋되는 게 중요하다.

금요일 밤이다. 접시 위엔 달콤하고 아삭한 사과가, 투명한 와인글라스 안엔 선홍빛 적포도주가 담겨 있다. 종종 유튜브에서 힐링에 좋은 ASMR 영상을 찾아 틀어 두곤 하는데 지금은 '뉴욕의 밤 드라이브 입체 음향'이 재생되고 있다. 이번 주엔 토요일과 일요일 주말 근무를 하지 않아도 된다. 그래서 어느 때보다 설레는 금요일 밤. 마음만은 뉴욕으로 향한다. 요즘은 한창 이 책의 원고를 쓰는 중이라 휴일에도 글을 쓸 계획이다. 한 주간 쌓인 긴장과 스트레스를 풀어 줄 만한 책도 보고 영화도 볼 것이다. 또 남편과 함께 집밥도 해 먹고 와인도 많이 마실 거다. 샤넬은 일을 사랑했고 휴일을 두려워했지만, 나는 일을 사랑하고 휴일도 사랑한다. 모드를 잘 전환하는 약간의 노력만 기울이면 '온-오프의 세계'를 완벽하게 오갈 수 있다.

언제라도 떠날 수 있으니,
하는 동안은

:

"패배한 마음으로 조직을 뛰쳐나오진 말자고 다짐한다."

'퇴사'에 대한 얘기를 해 보려 한다. 나는 기자인 동시에 직장인이다. 회사가 주는 월급으로부터 자유로울 만큼 돈이 많아서 취미로 회사를 다니는 것도 아니니 어느 날 문득 회사에 가기 싫어지는 날에도 출근을 한다. 물론 일의 목적이 꼭 돈 때문만은 아니다. 내겐 오히려 성취감이 더 중요하다.

'자기결정권'. 우리 헌법 제10조는 개인의 인격권과 행복추구권을 위해 스스로 자기 운명을 결정하도록 하는 이 권리를 보장하고 있다. 자기결정권까지 들먹이니 거창하긴 하다. 하지만 확실한 건 결심하면 누구나 언제든지 직장을 버릴 수 있다는 사실이다. 이런 사실을 종종 까먹곤 하지만 우리는 오늘도 자의로 회사에 출근하고 있는 것이다. 동시에 언제라도 회사를 떠날 수 있다.

물론 월급쟁이가 퇴사를 결심하는 건 결코 간단하지 않다. 더구나 다음 직장이나 새로 할 일을 미리 정해 둔 게 아니라면 분명 엄청난 도전이다. 직장이란 틀 안에서 정해진 규칙을 따르고 주는 돈을 받으며 얼마쯤은 수동적으로 지내는 데 길들여져 있기 때문이다. 어쩌면 자기결정권이나 자유 의지 따위를 새카맣게 잊고 살아왔는지도 모른다. 그래선지 나 역시 아직까지 갈 곳이나 다음 할 일을 정해 두지 않고 무작정 퇴사를 감행해 본 적이 없다. 직장을 관두고 싶은 순간이 없었던 건 아니지만, 아직은 내가 하는 일을 사랑한다고 믿고 있기도 하다. 지금껏 하루의 대부분을 투자해 온 직장 생활에 여전히 애정이 남아 있는 것도 사실이다.

나는 꽤나 성실한 조직원이다. 인사철을 계기로 맡게 되는 역할이 바뀔 때마다 정도의 차이가 생기긴 하지만 기본적인 애사심도 갖고 있다. 그럼에도 언제라도 조직을 이탈할 수 있다고 생각한다. 세상에 영원한 건 없으니까 회사도 내게 영원한 곳은 아닐 것이다. 사실 힘들고 답답한 순간을 견디기 위해 하는 생각이지만, 이렇게 마음먹은 후로는 회사에 가기 싫어질 때도 평정심을 유지하는 게 훨씬 더 쉬워졌다. 언제라도 떠날 수 있으니 하는 동안은 최선을 다하자고 마음먹는 것이다. 만약 퇴사를 하더라도 패배한 마음으로 조직을 뛰쳐나오진 말자고 다짐한다. 언제나 중요한 건 '지금 하고 있는 일을 통해 힘을 키우겠다'는 자세라고 믿고 있다.

직장인 치고 퇴사에 대한 고민을 한 번도 해 보지 않은 사람은 없을 것이다. 직장 생활을 오래 한 사람일수록, 유능한 사람일수록 자신의 미래에 대해서도 숙고한다. 오히려 아무런 생각도 꿈도 없이 출퇴근만 반복하는 사람이라면 생각조차 해 보지 않은 문제일 수도 있다. 많은 직장인이 때가 되면 퇴사를 갈망한다. 그러나 섣불리 결정하진 말자. 우린 언제라도 떠날 수 있다. 자기결정권을 갖고 있다. 회사에 다니는 동안 내키지 않고 싫증 났던 그 모든 것들을 끊을 수 있는 의지와 힘은 결국 우리 자신에게 있다. 그러니 일단 최선을 다해 당당하게 일하자. 정말 퇴사하는 때가 오면 모두가 아쉬워할 만한 그런 사람이 되는 걸 목표로 삼아 보는 건 어떨까.

내가 잘되어야 하는 이유

:

"하지만 기왕 이렇게 된 거, 내 딸 또한 '일하는 여성'으로서
오래오래 거침없이 살아남았으면 좋겠다."

내겐 언제나 날 지지하는 귀여운 소녀가 한 명 있다. 아직 어리긴
하지만 때때로 내게 조언이나 충고도 해 주니 믿음직한 친구처럼
느껴질 때도 많다. 언젠가는 내가 그로부터 더 많은 걸 배우게 되
리라 예감한다. 올해 열 살 된 내 딸 서윤이 얘기다. 아직은 우리
부부와 떨어져 외가에서 자라고 있지만, 매일 연락하기 때문에 멀
리 있다는 생각이 들진 않는다.

우리 집 그림 벽엔 루이즈 공주의 초상 한 점이 걸려 있다. 10년
전 예술의 전당에서 열린 '프랑스 국립 베르사유 특별전'을 관람
하고 기념 숍에서 사 온 복제화다. 그러니까 서윤이가 태어나기

전에 구경을 하러 갔었다. 루이즈 공주는 루이 15세와 마리 레슈친스카 왕비 사이에서 태어난 막내딸이었는데, 첫돌도 안 되었을 때 퐁트브로 수도원으로 보내졌다. 루이 15세 부부 슬하엔 딸이 여덟 명이나 있었는데, 모두가 베르사유 궁에 거주하면서 하인들을 부리기엔 비용이 너무 많이 들었다. 그래서 나이가 어린 네 명의 딸은 수도원에 맡기기로 결정했던 것이다. 어린 딸들을 십수 년이나 되는 오랜 세월 동안 곁에 둘 수 없었던 부모는 그리움이 얼마나 컸을까. 왕은 18세기 당시 대표적 초상화가였던 장 마르크 나티에에게 퐁트브로 수도원에 머물고 있던 공주들의 모습을 그리게 했다. 왕비는 그중에서도 작은 꽃바구니를 들고 있는 루이즈 공주의 초상화를 특히 좋아했는데, "이 아이를 보면 마음이 따뜻해지고 슬픔 따위는 까맣게 잊어버리게 된다"고 말했다 한다. 그림의 배경과 왕비의 말이 마음에 남아서인지 어여쁜 루이즈 공주의 초상을 볼 때면 난 종종 서윤이가 떠오른다. 물리적으로 떨어져 있긴 하지만, 떠올리는 것만으로도 마음이 따뜻해진다. 나도 모르게 미소 짓게 된다.

서윤이와 같이 놀거나 대화를 할 때면 타임머신이라도 탄 것 같은 기분이다. 순수했던 아이 시절로 되돌아가는 행운을 누리는 것 같다. 제 방 한가득 인형들을 진열해 두는 것, 사랑 얘기가 좋다며

『역사 속 세기의 로맨스』 전집 20권을 다 사달라고 요구하는 것, 어묵을 넣지 않은 김치볶음밥과 빵을 좋아하는 것 등을 보노라면 어쩔 수 없이 '나도 그랬었지' 하는 생각이 몽실몽실 피어오른다. 가끔 제 눈에 엄마가 아빠에게 너무 매달린다 싶을 땐 "엄마, 여자는 도도해야 돼"라고 훈수를 둔다든지, '넌 네 몫을 가질 테니 그게 원하는 것이 아니더라도 속상해하지 마라'나 '세상에 무서워할 것은 없다. 하지만 세상 자체를 무서워해라'와 같은 글귀들을 책에서 봤다며 종이에 써서 벽에 붙여 두기도 하는데 그럴 땐 속으로 놀라움도 느낀다. 하지만 이 모든 걸 떠나 무엇보다 인상적인 건 딸 서윤이가 언제나 일하는 나를 격려하고 더 잘하라고 채찍질한다는 것이다.

나는 서윤이가 '일하는 여성'에 대해 일종의 학습 효과를 갖고 있는 게 아닌가 생각한다. 아마도 일을 한다는 건 자식과 떨어져 사는 것도 감수할 만큼 중요한 것이라고 여기고 있을지도 모르겠다. 딸에겐 엄마야말로 가장 처음 만나는 롤모델일 테니 말이다. 옳고 그르다거나 정답인지 아닌지와 상관없이, 결혼을 하고 아이가 있고 조금은 힘든 상황이 와도 네 일을 포기하지 않고 열심히 잘하라는 메시지를 나는 이미 내 딸에게 전해 준 셈이다. 긍정적인 기대가 좋은 영향을 미치는 '피그말리온 효과'라든지 '말이 씨가 된다'는 속담의 효험을 바라며 늘 "넌 커서 엄청 훌륭하게 될 거야. 엄마보다 더 좋은 삶을 살 거야"라고 딸을 격려하곤 한다. 그래선지 서윤이는 늘 "엄마가 잘되어야 해"라고 또다시 나를 격려한다. 자신이 엄마보다 더 잘된다고 했으니 일단 엄마가 최상으로 잘되어야 한다는 것이다. 제 나름대로 기준치를 높이려는 시도로 보인다.

정서적 소통과 유대의 문제와는 또 다르게 물리적 거리는 '엄마의 자리'에 대해 고민하게 한다. 공주들을 멀리 보내고 왕과 왕비가 얼마나 그리움에 사무쳤을지 짐작하면서도, '어떻게 그렇게 떼어 놓고 살 수 있지?' 하고 생각하는 건 나 역시 마찬가지다. 그럼에도 '딸과의 별거' 문제에 대해서라면 내 고민과 상념의 만분의 일도 모를 사람들이 툭툭 던지는 "어떻게 그럴 수 있어?"란 말은 적잖은 상처가 된다. 태연한 척할 뿐이다. 그리고 양육 방식엔 여러 가지가 있으며 항상 정해진 답이 있는 건 아니라고 거듭 합리화한다. 우리 부부가 택한 방식이 남들과 조금 다를 뿐이다.

세상만사엔 빛과 그늘이 함께 있다. 나의 부모님이 내 딸을 성심으로 돌봐 주심에 나와 남편은 대부분 걱정 없이 직장 일에 몰두했지만, 분명 잃어버린 것들도 있음을 알고 있다. 아이와 늘 함께 있는 부모들이 가질 수 있는 크고 작은 기쁨과 더 깊은 유대감을 어쩌면 나는 잃어버렸을 것이다. 하지만 기왕 이렇게 된 거, 내 딸 또한 '일하는 여성'으로서 오래오래 거침없이 살아남았으면 좋겠다. 그리고 그렇게 일하는 힘으로 자신을 더욱 사랑하게 되길 바란다. 자신에 대한 사랑이 흘러넘칠 때 함께하는 가족과 주변을 사랑할 수 있는 여유도 더 많아지기 때문이다.

여기까지 오고 보니, 나의 엄마가 살아온 날들에 경의를 표하지 않을 수가 없다. 남편을 뒷바라지하고 자식들을 돌보고 집안을 따뜻하게 가꾸는 일이 그녀의 평생 직업이었다. 자아실현의 성취를 추구하지 않았지만, 더 큰 희생을 실천했음을 알고 있다. 나는 그런 희생정신을 닮기엔 벅차기만 하다. 그저 엄마를 존경한다.

모든 부모에게 자식들은 애달픈 사랑의 대상이다. 어떤 방식으로 표현되든 마음의 근본은 같을 것이다. 「악마는 프라다를 입는다」 영화 속 미란다를 떠올린다. 그녀는 세계 최고의 패션 매거진 편집장으로 활약하는 악마(?) 같은 보스이다. 동시에 쌍둥이 두 딸을 둔 워킹맘이다. 그녀는 갓 입사한 비서 안드레아에게 딸들이 읽고 싶어 한다며 아직 출판도 안 된 해리 포터 후속 원고를 구해 오라는 말도 안 되는(!) 지시를 한다. 하지만 화려한 뉴요커를 꿈꾸는 안드레아는 고군분투 끝에 기적적으로 미션을 완수한다. 나는 더없이 깐깐하고 철두철미한 직장 보스가 딸들의 소원을 들어주느라 어이없는 지시를 내리는 풍자에서 커리어우먼의 모성을 함께 봤다. 물론 영화는 과장이다. 하지만 세상 엄마들의 마음만은 다 그러하지 않을까. 아이의 소원이라면 뭐든지 들어주고 싶은 것. 나의 엄마도 그랬을 것이고, 나도 그러하다. 서윤이의 소원이 모두 이뤄졌으면 좋겠다. 떨어져 있어도 늘 한결같은 마음이다.

3장.

나를 만드는

사소한 시간들

슬기로운 자투리 시간 보내기

:

"일과 일 사이,

그 막간을 소소한 기쁨으로 채울 수 있다면."

밑도 끝도 없이 '정말 프랑스어를 배워 볼까' 하는 생각이 들었던 건, 7~8년쯤 전이었던 것 같다. 국회 출입 기자로 하루하루를 정말 바쁘고 정신없이 살던 때였는데, 하필 그 마음이 너무나 절실해 졌었다. 돌이켜보면 그때 난 숨 쉴 틈이 필요했다. 신문사에서 방송국으로 일터가 바뀌면서 조금은 다른 방식으로 기사를 전하는 일에 익숙해져야 했고, 그러기 위해 애쓰고 긴장하고 있었다. 나름대로는 더 잘하기 위해 다람쥐 쳇바퀴 돌듯 똑같이 반복되는 일상을 불만 없이 살아 냈다. 그래서였을 것이다. 현실 속에서도 일을 떠나 꿈을 꾸는 시간이 필요했다. 꿈을 꾸면서 조금은 거칠고 지루한 일상을 견뎌야 했다. 꿈은 일상을 보다 견고하게 발전시키기 위한 것이기도, 일상을 그저 잘 견디기 위한 것이기도 하다. 그때 내게 '프랑스어 배우기'는 후자였다.

프랑스어 수업에 관해서라면 『소공녀 세라』가 생각난다. 영국 런던의 명문 기숙학교에 들어간 세라가 위압적인 교장, 민친 선생 앞에서 유창한 프랑스어를 구사하던 장면이 내 마음속엔 마치 그림처럼 남아 있다. 자신이 프랑스어를 할 줄 모른다는 사실에 콤플렉스를 갖고 있는 민친 선생은 비합리적이고 모순된 권위를 행사하는 사람이었다. 그리고 프랑스어를 할 줄 아는 세라는 자신이 가진 거짓 없는 능력으로 그 무모한 권위를 무너뜨릴 수 있는 아이였다. 어설픈 권위 앞에선 정직한 능력으로 맞서면 된다는 사실을 어린 마음 깊숙이 박아 준 한 장면이었다. 세라 말고도, 내게 프랑스어는 꿈의 도시 '파리'나 '프렌치 시크'를 동경하는 마음과 연결된다. 아무튼 프랑스어를 전혀 모르면서 사랑하기부터 했던 나는 일상을 좀 더 달달하게 만들기 위한 방편으로 그걸 배우기로 결심했었다. 목적 없는 즐거움을 찾기로 했고, 내게 프랑스어를 가르쳐 줄 선생님을 구했다.

많으면 일주일에 한두 차례, 적게는 한 달에 몇 번꼴로 쉬는 날에 선생님을 만났다. 항상 일이 먼저였고, 기자의 시간표가 늘 일정한 건 아니라서 정해진 시간표대로 굴러가는 학원 수업을 들을 수 없었다. 때문에 나는 대체로 오락가락하는 내 일정에 맞춰 수업 시간을 유동적으로 합의해 줄 수 있는 개인 과외 선생님을 찾았다. 가르치는 선생님과 배우는 학생으로 맺어지는 인연을 귀히 여기는 나는 지금껏 그렇게 한 선생님과 꾸준히 함께하고 있다. 틈틈이 배우다 보니 백지 수준에서 시작한 프랑스어 실력이 델프(DELF) A1, A2 자격증을 딸 정도로는 발전했다. 하지만 프랑스어 공부는 적어도 지금까진 내게 압박감을 주는 목표는 아니다. 못해도 그만이고, 꼭 잘해야 하는 것도 아니다. 그저 순수한 즐거움과 만족감을 느끼는 놀이에 가깝다. 이렇게 마음이 여유로우니 실력이 크게 향상되진 않는다는 게 아쉬운 대목이다. 그렇다고 내게 주어지는 다른 과업을 대하듯 발을 동동거리며 열성을 부릴 마음은 전혀 없다. 그냥 스트레스 없이 즐기고 싶고, 좋아하는 걸 배우고 있다는 사실 자체에 기뻐하고 싶다.

요즘은 보조데스크로 회사에서 내근을 하다 보니 일주일에 한두 번쯤 점심시간에 부담 없이 수업하는 게 가능해졌다. 마침 선생님 집이 우리 회사에서 아주 가깝다. 선생님은 내가 담당하는 국제 이슈를 다룬 프랑스 기사들을 가져와 함께 해석해 주고, 수업이 끝나면 중요한 단어나 문장들을 카카오톡으로 보내 주는 서

비스까지 해 준다. 내용적으로는 점심시간까지 업무와 관련된 기사들을 접하고 있는 셈이지만, 난 분명 여유와 즐거움을 느낀다. 한 시간 정도에 불과한 자투리 시간이지만 설레고 행복하다. 금방이라도 프랑스로 날아갈 수 있을 것처럼, 꿈꾸게 된다. 바쁜 일과 중에 나만의 방식으로 호흡을 가다듬는 순간이다.

직장인들은 자투리 시간을 아끼고 활용하지 않으면 일 이외의 다른 것들로 자신을 채우고 성장시키기가 쉽지 않다. 그저 지루한 직장인이 되느냐, 힘든 순간에도 꿈을 꾸고 활력을 찾는 직장인이 되느냐는 매일 조금씩이라도 자투리 시간을 찾아 어떻게 쓰느냐에 달려 있다. 열심히 일하는 와중에도 시간을 쪼개 본업과 상관없는 자신만의 즐거움과 행복을 만들어야 한다. 대부분 직장인의 일과가 항상 일을 중심으로 돌아가기에 더욱 그렇다. 일과 일 사이, 그 막간을 소소한 기쁨으로 채울 수 있다면 지루하고 무기력해져 슬럼프에 빠지는 일도 줄어든다. 조금 더 부지런해지면 더 행복한 나로 살 수 있는 것이다. 일은 견고한 성취감을 주지만, 목적 없는 즐거움은 생기와 활기를 준다. 틈틈이 적은 노력을 기울여 삶을 가꿔야 한다.

학창 시절을 되돌아보면, 등하굣길 자투리 시간에 영어 단어를 외우거나 암기 과목을 공부했던 경험들이 있을 것이다. 어느덧 우리는 어른이 되었고 직장인이 되었지만, 그때 그랬던 것처럼 사소한 시간을 사소한 일에 투자해 보자. 사소한 기쁨과 소소한 즐거움에도 열성을 부려 보자. 그럴 때 취향이 생기고 즐거움이 쌓인다. 어쩌면 그 취향과 즐거움으로 또 다른 계기를 맞을지도 모른다. 누가 아는가. 프랑스어에 거부감이 없어진 내가 어느 날 갑자기 파리에서 살아 보기를 시도할지 말이다. 가만히 보면 큰일은 낙숫물이 댓돌 뚫듯 성사되었다. 대충 밥 먹고 잡담하고 때워 버릴 수도 있는 시간에 못 해도 그만인 프랑스어를 배우는 열성 덕분에 나는 종종 서울에서도 파리를 꿈꾼다. 우리 운명은 상상력의 크기에 달려 있다고 믿는다. 자투리 시간을 잘 소비하고 싶다. 그러면서 더 행복한 미래를 상상할 것이다.

속 깊은 자아와 만나는
글쓰기

:

"가장 성숙한 내면의 자아를 길어 올리는 일."

지난해 런던 연수 동안 생애 처음으로 직접 책을 쓰고 출간하면서 참 행복했다. 나의 경험과 생각, 관심사를 되돌아보고 정리하면서 누군가가 읽어 주리라 기대하는 건 무척 설레는 일이었다. 작가 김영하가 〈세상을 바꾸는 시간, 15분〉에서 '자기 해방의 글쓰기'라는 주제로 강연을 했듯, 한 편 두 편 나의 이야기를 써 내려가면서 정말 자유로움을 느꼈다. 우리가 일기를 쓰고, 다이어리를 쓰는 이유도 쓰면서 자신을 해방하고 정리하기 위함이 아닐까. 스스로를 정리해서 비워내고 다시 좋은 것들로 채우는 일 말이다.

첫 책 『모네는 런던의 겨울을 좋아했다는데』가 나온 뒤에 김태

훈 평론가가 진행하는 유튜브 채널 〈김태훈의 게으른 책 읽기〉에 출연했다. 사실상 난생처음으로 인터뷰이 입장이 되었다. "늘 글을 쓰는 기자인데 연수까지 가서 책을 쓴다는 게 지겹지 않았냐"는 질문을 받았다. 하지만 런던에서 글을 썼던 그때도, 진행자의 질문에 답을 했던 당시에도, 또 다른 글을 쓰는 지금도 내 생각은 같다. 적어도 쓰는 이에겐 기사와 글이 결코 같은 효용을 주지 않는다는 것이다. 난 기사를 쓰면서 해방감을 느껴 본 적이 별로 없다. 그게 속보나 단독 기사였어도 그랬다. 객관성과 치밀함과 논리에 대한 강박을 안고 기사를 쓰는 건 내게 의무감을 주는 일이고, 나의 감정과 생각을 쏟아 내면서 현실과 희망을 자유롭게 반죽하는 글쓰기는 내게 행복감을 주는 취미다(설령 이 취미가 일이 된다 할지라도 기사와 문학의 속성이 다른 만큼 그 느낌이 달라지진 않으리라 짐작해 본다). 휴식을 통해 일의 효율을 높이는 것처럼, 요즘 나는 틈틈이 글을 쓰면서 일에서 오는 스트레스를 풀고 있다.

나는 이른 새벽에 글을 쓴다. 출근하기 전이다. 런던에선 출근을 하진 않았지만 대부분 평소 기상 시간이었던 새벽 5시를 넘기지 않고 일어나서 글을 썼다. 지금은 서울에서 매일 출근하는 삶을 살고 있으니 회사도 다니고 글도 쓰기 위해 기상 시간을 좀 더 앞당겼다. 이 책을 쓰는 내내 새벽 4시쯤 일어나서 두 시간 정도 글을 쓰거나 읽고 있다. 여전히 내겐 기자가 본업이고 글쓰기는 취미 영역에 속한다. 좋아하는 걸 하겠다고 마음먹을 땐 없는 시간도 만들 수 있다는 걸 알았다.

새벽에 자명종이 울릴 때마다 동요「옹달샘」이 귓가에 울리는 듯한 건 왜 그런지 모르겠다. "맑고 맑은 옹달샘 누가 와서 먹나요. 새벽에 토끼가 눈 비비고 일어나~" 나는 눈 비비고 일어나 부엌에 있는 네스프레소 머신 앞으로 가는데, 이 기계가 터뜨려 내려주는 캡슐 커피가 내겐 옹달샘처럼 느껴져서일 수도 있다. 난 토끼는 아니지만. 어쨌든 새벽 두 시간 동안 갓 내린 커피를 두세 잔씩 마시기도 하고, 쓰거나 쓰기 위해 읽거나 생각하다가 허기가 지면 식빵이나 크루아상을 구워 땅콩 잼이나 버터를 발라 먹기도 한다. 빵을 좋아해서 집엔 항상 빵이 있는 편이고, '엑스트라 크런치 스키피' 피넛 버터는 나의 최애 땅콩 잼이다. 책에서 읽었는데, 뇌는 우리 몸의 2퍼센트 정도를 차지하고 있지만, 에너지의 20퍼센트를 쓴다고 한다. 그러니 글을 쓰기 위해 생각하는 데 드는 에너지를 감당하기 위해 빵과 피넛 버터가 당기는 게 이상한 일은 아니다. 그렇게 고요하고 깜깜한 새벽에 빵을 뜯어 먹고 커피를 홀짝이면서 엄청난 글을 써내기라도 할 것처럼 노트북 앞에서 눈알을 굴린다. 문득문득 마음만은 파리나 런던의 어느 카페에 당도

한 느낌이다. 지금 이 순간에도 지구 어딘가에서 누군가는 나처럼 이러고 있지 않을까, 생각이 스치기도 한다.

창조자들의 일상 '루틴'들을 기록한 메이슨 커리의 『예술하는 습관』에는 소설 『작은 아씨들』을 쓴 루이자 메이 올콧의 '폭필' 습관이 소개되어 있다. 그는 식사도 건너뛰고, 잠도 거의 자지 않고 강박 관념에 사로잡힌 채 맹렬하게 집필에 몰입하는 부류였다고 한다. 그리고 그의 실제 모습이 『작은 아씨들』 속 둘째 딸 '조'에게 투영되었다고 한다. 아직 소설을 써 본 경험이 없어서 그런지 몰라도, 난 폭필이 적성에 맞진 않는 것 같다. 글을 쓰는 중에도 밥도 잘 먹고, 졸음이 밀려오기도 하고, 딴생각이 들기도 한다. 물론 조처럼 글을 쓰면서 "더없는 행복"을 느끼는 순간들은 분명히 있지만 말이다.

나는 차라리 『레 미제라블』을 쓴 빅토르 위고의 습관이 더 친숙하게 느껴진다. 위고는 지극히 사소한 말이나 아이디어조차 그냥 흘려보내는 법 없이 노트에 적어 두곤 했는데, 그 모든 것들이 결국 그의 글로 옮겨졌다. 기자로 살면서 들은 것과 본 것들을 기억하기 위해 그때그때 메모하는 일에 익숙한 나 역시 글을 쓰기 위해서도 메모를 한다. 순간적 느낌이나 깨우침, 생각들을 바로바로 메모장에 써 두는 편이다. 막상 책상에 앉아 글을 써야 하는 시간이 오면 그렇게 쌓아 둔 기록들을 훑어보고 순서를 맞춰 전체 글을 만들어 간다. '티끌' 같은 상념이나 기록을 모아 '태산'에 조금(?) 못 미치는 책을 쓴다. 결국 내가 글을 쓰는 데 필요한 일정한 에너지를 지속적이고 꾸준하게 가동하고 있다는 뜻이다. 뇌의 한구석에 '노트 한 페이지'를 계속 띄워 놓고, 혼자서 틈틈이 들락날락거린다. 일시적으로 머리와 가슴을 맹렬하게 가동해 나오는 글 보다는 일상에서 숙성된 생각들을 토대로 시간을 두고 얻어 내는 글을 좋아한다. 물론 글을 쓰는 순간엔 고도로 집중하고 몰입해야 한다. 다만 글을 쓰려고 마음먹었다면 꾸준히 순간을 기록하고 간직하려는 자세도 필요하다.

글을 쓴다는 건 가장 성숙한 내면의 자아를 길어 올리는 일이다. 내면의 자아는 시끌벅적한 일상에서 부대끼며 살아가는 외적 자아와는 또 다른 모습이다. 고요하게 앉아서 차가운 이성과 뜨거운 감성을 한꺼번에 응축하고 발산하는 작업을 반복해 보면 안다. 글을 쓰는 행위를 통해 속 깊은 자아와 정면으로 마주할 수 있음을 말이다. 말하고 나서 후회한 적은 많지만, 글을 쓴 후에 후회한 적은 별로 없다(인스턴트 문자 메시지는 제외하고!). 글은 기록이라기 보다 다짐이고 방향이다. 그러니 글을 쓰자. 속 깊은 자아와 더 자주 만나기 위해서 말이다.

이른 새벽에 일어나 글을 쓰는 데 꼭 필요한 커피 캡슐이 다 떨어져서 방금 주문했다.

취향으로 루틴 만들기

∶

"내일의 열매를 기대하며 오늘 할 몫을 다 하는 것."

나의 첫 책 『모네는 런던의 겨울을 좋아했다는데』를 읽은 독자들은 「런던에서의 루틴」 챕터를 특히 좋아하는 것 같았다. 런던이라는 낯선 도시에서 보낸 비일상적 날들 속에서도 서울에서의 루틴을 대부분 지켰다는 나의 얘기에 큰 관심을 보였다. 하지만 루틴이란 원래 그런 것이다. 몸에 배어 있어 때와 장소가 바뀌어도 자신도 모르는 사이에 실천하게 되는 것. 비교적 스스로의 규칙과 습관에 얽매여 사는 나는 참 많은 루틴을 갖고 있다. 그야말로 나를 '나'이게 만들어 주는 것들이다.

런던이 아닌 서울로 돌아와 또다시 비슷한 일과를 매일 반복하면서 판에 박아 놓은 듯한 하루하루를 살고 있다. 일상 속에 단단하게 박혀 있어 미처 의식하지 못하는 사이에도 계속되고 있는 나의 루틴들을 의식적으로 떠올려 본다.

일단 새벽에 일어나면 가장 먼저 커피를 내려 마신다. 본격적인 출근 준비에 들어가기 전 한두 시간 정도는 기분을 상승시키고 에너지를 확보하는 나만의 시간이다. 보통 책을 읽거나 글을 쓰고, 스트레칭이나 플랭크 같은 간단한 운동을 하기도 한다. 꼭 뜨거운 물로 아침 샤워를 하는데, 샤워기 아래 서 있으면 나도 모르게 소소한 희망부터 기분 좋은 꿈 등에 대해 생각하게 된다. '잘될 거야' 하고 스스로 격려하거나 '잘해야지' 하는 다짐도 해 본다. 매일 아침 딱 한 번 체중계에 올라서는데, 비교적 꾸준히 비슷한 체중을 유지하며 사는 데 도움이 된다. 식탐을 이기지 못하고 많이 먹은 다음 날 체중계 눈금이 지나치게 올라가 있는 걸 눈으로 확인하고 나면 최소한 그날 하루쯤은 먹는 걸 조금이라도 자제하려는 의지가 생긴다. 꼭 보디로션을 바르고 향수를 뿌리는 것도 빼먹지 않는다. 때문에 촉감과 향이 좋은 제품들을 찾아 구입하는 것도 일상의 기쁨이다. 특히 향수를 정말 좋아해서 밤에 잠들기 전이나 종일 집에 있는 휴일에도 사용한다. 다른 누구도 아닌 나 자신을 위해 향수를 뿌린다. 가장 자기만족적인 행위다.

출근 준비를 하면서나 출근길엔 주로 라디오 뉴스를 듣는다. 내 업무와 관련된 뉴스를 머릿속으로 정리하면서 오늘 하루가 대충 어떻게 흘러갈지 예상해 본다. 가끔 한국 뉴스가 지겹게 느껴지면 BBC나 CNN 앱으로 해외 뉴스를 듣기도 한다. 또 아주 가끔 집을 나서기 전에 레드와인이나 모스카토 와인, 샴페인 등을 (아침부터!) 약간 마시기도 하는데 혼자만의 작고 즐거운 일탈이다. 가끔 그러지만 꾸준한 일탈이라 루틴에 속한다. 왠지 기운이 없고 처지는 날 이렇게 해 보면 조금은 에너지가 솟아나는 기분도 든다. 로마를 여행할 때 호텔 조식 뷔페에 차려진 샴페인을 보고 '샴페인 정도는 아침에 마셔도 되는 거였구나' 하고 남몰래 안심한 적도 있다. 출근길엔 주로 지하철을 이용한다. 집에서 지하철역까지, 또 지하철역에서 회사까진 걸어 다닌다. 걷는 시간을 모두 합하면 최소 40분쯤 된다. 매일 운동할 시간을 따로 내는 게 어렵기 때문에 이 시간에 걸으면서 체력을 기른다고 생각한다. 추운 겨울만 아니라면 내가 무척 즐기는 시간이다. 귀로는 뉴스나 음악을 듣고, 눈으로는 거리 풍경을 보면서 소란스러운 가운데 평화를 느끼는 시간이기도 하다. 지하철에선 업무 관련 뉴스들을 빠르게 읽어 낸다. 사실상 출근길에서부터 업무를 시작하는 셈이다. 대개 사무실로 들어가기 전에 근처 카페에서 커피 한 잔을 주문해 간다. 오늘도 잘 부탁한다는 의미로 스스로에게 주는 작은 선물이다.

회사에선 집중력이 떨어지거나 기분을 바꾸고 싶을 때마다 치약과 칫솔을 들고 화장실로 가 양치를 한다. 식후는 물론이고 수시로 하는 일이라 치약을 많이 쓴다. 그래서 비싼 치약을 사는 걸로 작은 사치를 부리는데, 특히 '마비스'와 '덴티스테'를 좋아한다. 최근엔 국내에서도 쉽게 구입할 수 있는 이탈리아와 독일 브랜드인데, 나름 치약계의 명품(?)들이라 쓸 때마다 기분이 좋아진다. 과거 현장 취재를 할 땐 거의 매일 취재원들과의 저녁 자리가 있는 편이었지만, 내근을 하는 요즘은 퇴근 후엔 거의 곧장 집으로 간다. 보통 메인 뉴스 시작 시각인 저녁 8시 이후까지 회사에 남아 있는 데다 국제 기사를 담당하다 보니 직접 취재원들을 만나야 할 일이 줄어들었다. 하지만 무엇보다 '아침형 인간'인 나는 저녁부터 에너지가 급격히 떨어지기 때문에 이른 새벽 시간을 생산적으로 보내려면 밤에는 그만큼 일찍 자야 한다.

귀가 후엔 당연히 클렌징을 한다. 하루의 끝에 남아 있을 법한 피곤함, 찜찜함, 속상함마저도 모두 말끔히 닦아 버리는 것만 같은 이 순간을 무척 좋아한다. 나이가 들어도 눈가 주름만큼은 조금이라도 덜 생기길 바라는 마음에서 아이크림을 잊지 않고 바른다. 따로 저녁 약속이 없는 한 집에 오면 늦더라도 꼭 뭔가를 챙겨 먹는다. 허기진 상태에서 잠들지 않는 습관 때문이다(건강에 좋은 습관은 아니겠지만!), 빵이나 견과류, 때로는 과자와 함께 와인 한 두 잔을 마시곤 하는데, 하루의 피로를 푸는 의식과도 같은 이 시간 역시 정말 좋아한다. 전자레인지에서 데운 햇반을 낱개 포장된 김 두 봉지와 함께 먹는 초 간단 메뉴도 즐기는데, 하얗고 따끈따끈한 밥알들을 김에 싸서 먹는 이 단순한 식사가 일터에서 돌아온 나를 위로하고 격려한다는 생각이 들 때가 많다. 그래서 우리 집엔 늘 햇반과 김이 한가득 있다.

이 밖에도 밥을 먹으면 바로 설거지를 한다거나, 그때그때 눈에 보이는 것들을 정리 정돈하는 것, 음악이나 책으로 기분을 조율하는 것, 휴일이면 이곳저곳 바닥까지 싹싹 닦는 대청소를 하는 것, 너무 피곤해서 그냥 쓰러져 잠들었다면 한밤중에 벌떡 일어나 클렌징을 하고 마스크팩까지 하는 것, 너무 지친 날인데 집에 와인이 떨어졌다는 걸 떠올리면 퇴근길에 편의점에서라도 레드와인을 사 들고(종종 삼각김밥도 함께!) 오는 것 등도 일상의 나를 설명하는 소소한 루틴들이다.

살면서 발전하는 것 이상으로 유지하는 게 중요하다. 기분을 유지하고 체력을 유지하고 실력을 유지하고 향기를 유지하면서 사는 건 결코 만만한 일이 아니다. 어쩌면 발전하기보다 더 어려운 일이다. 그런데 일상의 루틴은 우리가 많은 걸 유지하며 살 수 있도록 돕는다. 루틴이 있기에 생각하는 수고를 덜게 되고, 보다 단순하게 살 수 있다.

카나리아는 유독 울음소리가 아름다운 새다. 19세기 유럽의 광부들은 탄광 안에 들어갈 때 카나리아를 데리고 갔다. 호흡기가 약해서 유해 가스에 민감한 카나리아가 노래하지 않거나 이상 징후를 보이면 탈출해야 한다는 신호로 삼았기 때문이다. 그래서 '탄광 속 카나리아'는 위험을 예고하는 조기 경보란 뜻이 되었다. 우리에겐 일상의 루틴이 카나리아와 같지 않을까. 좋은 루틴, 좋은 습관이 흐트러지거나 깨진다면 아마도 나태해졌거나 마음이 허물어졌단 신호일 수 있다. 나를 길들여 온 루틴이 흔들릴 때면 다시 루틴을 회복하기 위해 분투한다. 그게 옳든, 그르든 나를 가장 나답게 만드는 방식임을 알기 때문이다. 내일의 열매를 기대하며 오늘 할 몫을 다 하는 것, 나는 루틴을 그렇게 이해하고 있다.

집을 사랑하는 이유

:

"책장 앞에서 두리번거리며 읽고 싶은 책을 고르다 보면
내 관심사 또한 꼬리에 꼬리를 물고 확장되는 기분이 들어
삶이 흥미로워진다."

"나 이제 집에 갈래."

우린 안다. 온종일 회사에 매여 일하는 우리들이 퇴근하면서 내
뱉는 이 말이 얼마나 포근하고 시원한지 말이다. 직장인들이 '집
에 간다'를 '퇴근한다'와 같은 의미로 쓰는 경우가 많은 만큼, '집'
이란 '회사'와는 대조적인 느낌을 준다. 일터가 소중한 이유는 역
설적으로 일을 마치고 돌아갈 집이 있기 때문이다. 집은 피곤한
몸과 마음을 쉬게 하고 다시 또 다른 하루를 시작할 수 있도록 자
신을 정화시키고 리셋해 주는 곳이다.

나와 남편은 일하는 부부다. 그리고 우린 회사를 떠나 쉴 수 있는 우리의 집을 정말 마음에 들어 한다. 서로의 취향과 관심과 일상이 오롯이 반영되어 있기 때문이다. 세상 그 어느 곳보다 사적이고 소중한 곳, 우리 집의 생김을 새삼스레 짚어 본다. 일단 거실엔 나와 남편 각자의 테이블이 따로 있다. 6인용 테이블을 하나씩 쓰는데, 각자의 책상이다. 테이블 두 개가 기역 자로 놓여 있다. 우린 각자의 책상에서 각자 책을 보고 글을 쓰거나 일을 한다. 거실을 공동 서재로 삼아 함께 쓰지만 각자의 테이블은 각자의 독립적 영역이다. 같이 있어도 떨어져 있을 수 있고 떨어져 있으면서도 같이 있는 연대감을 위해 우리에게 제일 중요한 책상을 이렇게 배치했다. 거실의 한 벽면엔 책장을 통째로 짜 맞추었다. 나와 남편은 둘 다 책을 사고 책을 읽는 걸 좋아한다. 둘 다 책을 버리지 않아 해가 갈수록 책이 늘어난다. 책장 이쪽저쪽을 둘러보다 눈이 멈추는 곳에서 오래전에 사 두고 잊고 있었던 책을 꺼내 들고 책 속으로 빠져드는 갑작스러운 시간을 좋아한다. 거실 책장만으로는 부족해 현관 앞 작은 방에도 양 벽면에 책장을 짜 넣어 서재로 만들었다. 어쨌든 책장 앞에서 두리번거리며 읽고 싶은 책을 고르다 보면 내 관심사 또한 꼬리에 꼬리를 물고 확장되는 기분이 들어 삶이 흥미로워진다.

거실과 이어진 부엌엔 쉬는 날이면 우리 부부가 마주 보고 식사를 하거나 술잔을 기울이는 식탁이 있다(비교적 키가 높은 바 형태로 크게 만든 식탁이라 나 홀로 앉아 집에서 '혼술'을 즐길 때도 많다!). 남편의 속마음까지 아주 자세히 알 길은 없지만, 나는 이 식탁에서 우리가 함께 밥을 먹고 술을 마시는 순간을 무척 좋아한다(요리와 설거지 담당도 남편과 나로 철저하게 나누어져 있다). 이 공간에서 내가 특히 좋아하는 건 '그림 벽'이다. 식탁에 앉아서 고개를 옆으로 돌리면 벽돌색 그림 벽이 있는데, 르누아르의 「부채를 든 소녀」와 「고양이를 안고 있는 여인」, 펠릭스 발로통의 「돈」 등 서로 다른 크기의 프레임을 가진 명화 액자들이 걸려 있다(물론 모두 복제화들이다). 그리고 영국 옥스퍼드로 가족 여행을 갔다가 앨리스 숍에서 구입한 『이상한 나라의 앨리스』 삽화 액자도 걸려 있다(저자인 루이스 캐럴이 옥스퍼드 대학을 나왔다). 부엌 싱크대에 둔 토스터 위엔 마티스의 「푸른 누드」를 액자에 넣어 올려 두었다. 식탁에서 내가 좋아하는 화가의 그림들과 동심을 자극하는 액자에 시선을 꽂고 있노라면 행복해진다. 우리 집도 미술관과 다를 바 없다는 만족감이 든다. 커피를 내리러 가거나 물을 마시러 부엌으로 가는 틈새 시간 속에서도 그림을 보게 되는 일이 멋지다고 생각한다. 미술관에 갈 때마다 아트 숍에 들러 하나둘 사 모은 그림들은 우리 집 이곳저곳을 차지하고 있다. 드가, 고흐, 클림트, 나티에의 그림도 내가 좋아하는 소품들이다.

　무엇보다 집에 관한 나의 소신은 깨끗해야 한다는 것이다. 집 안 구석구석을 깔끔하게 정돈하고 청소하는 일을 무척 중요하게 생각한다. 어느 정도 타고난 소질도 있는 것 같다. 가장 내밀한 공간인 집을 온전한 휴식처로 삼고 상쾌한 기분 속에서 좋아하는 걸 누리기 위해서 나는 꽤 자주 정리하고 청소하는 일에 몰두한다. 정리하고 청소하는 일은 기본적으로 나 자신을 가다듬는 행위이기도 하다. 내겐 청소가 클렌징이나 다이어트, 운동과도 같은 영역이다. 지치고 힘들고 짜증 날 때 클렌징이나 다이어트, 운동을 포기해 버리는 것처럼, 그런 상태에선 청소할 기분도 나지 않는다. 하지만 일단 마음을 바꿔 먹고 청소를 해 보면 어김없이 새로운 기분이 찾아온다는 걸 안다. 그렇게 집안이 깨끗해지면 무엇에라도 다시금 의욕이 생기니, 나는 진정 '청소의 여왕'이다.

　우리 집은 남향이다. 날이 좋으면 거실로 늘 햇살이 쏟아진다. 거실 유리창 앞으로 가까이 다가서면 저 아래 키 큰 나무들과 저 높은 하늘의 구름, 먼 산의 실루엣이 차례로 눈에 들어온다. 집 안에서 바라보는 바깥 풍경은 꼭 나만의 것 같다. 창틀은 액자의 프레임이 된다. 우리 집에서만 보이는 유일무이한 그림이 생긴다.

집 안은 늘 좋은 향기로 채우고 싶다. 디퓨저와 향초, 그리고 커피 향을 동원한다. 좋아하는 음악을 튼다. 집에서만큼은 나와 남편이 경쟁하듯 디제이가 된다. 직장인으로서의 나는 집으로 돌아오면 자연인으로서의 나로 바뀐다. 비로소 재충전에 들어간다. 우리 집을 아주 많이 사랑하는 이유다.

함께 먹은 음식은
추억이 된다

:

"밥을 지어 같이 먹는 관계는 그렇게 특별한 것이다."

마르셀 프루스트의 『잃어버린 시간을 찾아서』를 아직 읽어 보진 않았지만, 그 소설 속에 '마들렌' 얘기가 나온다는 건 안다. 주인공이 마들렌을 홍차에 찍어 먹다가 유년 시절을 떠올리게 된다는 대목이 이런저런 글들에서 워낙 많이 인용되어 있기 때문이다. 소설 속 마들렌처럼 특정 매개체가 우리의 감각을 건드려 기억까지 소환하는 현상을 '프루스트 효과(proust effect)'라 한다.

프랑스 전통 과자 마들렌은 조개 모양으로 생긴 작은 카스텔라다. 감싸 쥐면 한 손안에 쏙 들어올 만큼 크기가 작다. 크기에 비해 값은 비싼 편인데, 카페에선 하나에 3천 원 안팎으로 값을 매겨

둘 만큼 고급 과자다. 마들렌을 볼 때마다 난 미처 읽어 보지 못한 프루스트의 책을 떠올리게 된다. 그리고 왠지 모르게 사치스러워져 "마들렌도 하나 주세요"라고 말하게 된다(마들렌은 쪼그만 게 정말 비싸지 않은가!). 프루스트의 마들렌 모티프가 내게 '음식과 추억'의 상관관계를 깊이 각인시켰다. 마들렌을 좋아한다.

'음식' 하면 '요리'가 떠오른다. 먹고 마시는 걸 좋아하지만 먹기 위해 내가 직접 요리하는 일은 거의 없다. 추억도 되살리는 게 음식인데, 왜 나는 요리하는 즐거움은 모르는 걸까. 좀처럼 요리할 시도조차 하지 않아서 내가 요리를 잘하는지 못하는지도 사실 모른다. 그저 요리에 취미가 없다는 게 가장 맞는 말이다. 요리를 할라치면 시간이 아깝게 생각되기도 한다. 요리할 시간에 차라리 운동을 하거나 책을 읽자 싶다. 설거지하는 시간은 아깝게 생각되지 않는데, 요리하는 시간을 아까워한다는 게 스스로도 좀 이상하다.

어쩌면 내가 먹는 데 그렇게 큰 의미를 두지 않아서인지도 모른다. 사실 난 배가 고프지만 않으면 된다. 끼니를 꼭 다 챙겨 먹어야 한다는 강박도 없다. 당연히 식사 때 꼭 밥을 먹어야 한다는 생각도 없다. 밖에서 사 온 빵으로 끼니를 때워도 얼마든지 괜찮다. 적어도 나의 경우엔 주식이 없으면 간식으로 배를 채워도 상관없다.

나는 요리를 거의 하지 않는다. 결혼 첫해에 남편의 생일상을 차려 주려고 시도한 적이 있었는데, 이전까지 요리를 안 해 봤던 내가 미역국에 돼지고기를 넣는 바람에 망했다. 난 미역국에 쇠고기가 아닌 돼지고기를 넣어도 되는 건 줄 알았다. 대수롭지 않게 생각해 냉장고에 있던 돼지고기를 사용했던 것이다. 지인들은 지금까지도 틈틈이 요리 못하는 나를 놀려 먹기 위해 이 에피소드를 들먹인다. 어쨌든 그 이후로 요리는 확실히 남편의 몫이 되었다. 대신 난 남편의 생일에 꼬박꼬박 예쁜 케이크를 사 들고 온다. 물론 설거지는 대부분 내가 한다. 아무리 양이 많아도, 깨끗이 잘 씻는다. 청소하고 설거지하면서는 비교적 시간이 아깝다는 생각이 들지 않는다. 그렇게 남편은 요리를 하고 나는 설거지를 하는 쪽으로 역할 분담이 되어 있다.

때문에 내겐 남편이 해 주는 밥이 '집밥'이다. 남편이 밥을 해 주면 늘 고마운 마음이 들어서 한 톨도 남기기 어렵다. 나보다 훨씬 근육이 많은 그가 내 몫으로 자신과 똑같은 양을 퍼 주어도, 난 남김없이 다 먹는다. 그의 요리 실력을 무조건 과장해서 칭찬한다. 주로 야채를 볶고 고기를 굽는다든지, 김치볶음밥이나 떡만두라면, 김치말이국수 같은 간단한 메뉴를 만들어 주지만 난 남편이 나와 같이 먹기 위해 직접 만드는 음식들을 정말 좋아한다. 두세 끼를 함께 먹게 되는 주말이 지나고 나면 체중이 꼭 늘어난다.

청와대 출입 기자로 일하던 시절엔 대통령이 다른 나라 정상들과 함께 만찬을 하는 일정이 있으면 꼭 그 메뉴가 취잿거리가 되었다. 어느 날인가 서점을 돌다 『대통령의 셰프』라는 책에 관심이 간 것도 그런 연유가 있었다. 세계 지도자들의 식사를 준비하는 요리사들의 비밀스러운 에피소드들을 풀어놓은 책이다. 그러니까 미국 백악관이나 프랑스 엘리제 궁 등에서 일하는 요리사들이 나온다. 저자는 크리스티앙 루도라는 프랑스 저널리스트인데 역시 서문에서 "기자들은 정상들 간에 오가는 회담의 메뉴만큼이나 만찬의 메뉴에 대해서도 열심히 취재한다"고 밝혀 두었다. 책에서 특히 기억에 남는 건 올랑드 대통령이나 닉슨 대통령이 자신의 요리사가 해 주는 한 끼의 식사에서 얼마나 큰 위로를 받곤 했는지 등이다. 예를 들어 올랑드는 취임식 바로 다음 날 엘리제 궁 주방을 방문했고, 각국 정상의 셰프들을 모아 놓고 "경기 침체 속에서 음식이 주는 위안"을 강조할 정도로 한 끼 식사를 안식으로 삼았다. 또 닉슨은 워터게이트 사건으로 하야를 결심하고 백악관을 떠나기 전에 파자마 차림으로 직접 주방을 찾아가 자신의 요리사를 만났다고 했다. "온 세상을 두루 다녀 봤지만, 셰프의 요리가 가장 좋았다"는 마지막 인사를 하기 위해서였다. 결국 음식이야말로 대통령들에게 큰 위안과 즐거움의 순간을 선사했던 것이다. 이른바 '컴포트 푸드(comfort food, 위로 음식)'에 대한 얘기다. 나는 남편이 나만을 위한 요리사가 되어 만들어 주는 컴포트 푸드들을 떠올렸다.

　프랑스에선 보통 식사 한 끼를 먹는 데만 두 시간을 넘게 쓴다고 한다. 프랑스를 동경하지만 식사 시간만큼은 따라 하기 힘들다. 음식을 예쁜 그릇에 담아서 음미하며 먹는 게 건강한 식습관 만들기나 다이어트에도 좋다고 한다. 하지만 바쁘게(?) 일하며 사는 나는 부엌 한구석에 서서 단숨에 먹고 말거나 책이나 TV를 보면서 건성으로 밥을 먹을 때도 많다. 그렇게 '먹는 일'을 대수롭지 않게 생각하는 나이지만, 따뜻한 집밥을 생각할 때마다 남편의 정성이 함께 떠올라서 참 행복하다. 일하는 우리 부부가 평등하게 요리와 설거지를 분담하면서 매일을 함께 헤쳐 나가고 있다는 사실이 뿌듯하다. 밥을 지어 같이 먹는 관계는 그렇게 특별한 것이다. 함께 먹은 음식은 추억이 된다.

조화로운 한 팀

:

"서로에 대한 연민과 남다른 익숙함과 편안함이
차곡차곡 쌓여 가는 관계."

시간이 흐를수록 남편과 함께 지인의 상가(喪家)에 갈 일이 종종
생긴다. 지금은 우리가 서로 다른 직장에서 일하고 있지만, 한때
같은 곳에서 일했고 여전히 일을 통해 만나는 사람들이 겹치다 보
니 함께 아는 사람들도 늘어난 연유다. 참석해야 할 경조사 일정
이 같을 때가 많은데, 점점 결혼식보다 장례식에 가야 할 때가 더
많아지는 것 같다.

오늘도 우리는 함께 아는 선배의 부친상에 다녀왔다. 장례식엔
혼자 가더라도 매번 각종 감상이 스치지만, 특히 남편과 함께일
땐 웬일인지 그 감상이 더욱 복잡다단해진다. 누군가의 죽음 앞에

서 언젠가는 우리에게도 닥쳐올 일을 잠시라도 앞서 짐작해 보는 것이다. 아무리 사이좋은 부부라도 언젠가는 한 쪽이 먼저 세상을 뜨겠지, 그러면 남은 한 사람은 아마도 쓸쓸해지겠지, 결국 우리도 예외는 아니겠지……. 각종 상념이 스쳤다. 그 순간 벌써 14년째 함께 살아온 짝에게 새삼스러운 연민이 느껴졌다.

　살면서 꼭 누군가와 짝을 이뤄 함께해야만 행복한 건 아닐 것이다. 결혼이란 게 더 이상 당연한 일로 여겨지는 세상도 아니다. 다만 나는 십수 년째 결혼 상태에 있는 개인적 상황에 미뤄 가끔 '부부'에 대해, 그래서 '우리'에 대해 생각해 보게 된다. 둘이 함께 있을 때나 마주 앉아 밥 먹을 때조차 아무 말 하지 않아도 아무렇지도 않을 만큼 편안한 관계, 뭔가에 대해 열띤 대화를 이어 가기보다 같이 앉아서 같은 영화나 드라마를 보는 것만으로도 충분한 관계, 화가 나면 마음에 없는 '나쁜 빈말'을 할 때도 있지만 그건 정말 빈말일 뿐인 관계, 오히려 '좋은 빈말'은 결코 못 하는 관계, 그리고 혈연관계가 아닌 타인 중에선 아마도 서로의 장점과 단점을 가장 많이 알게 된 관계…… 가 아닐까 하는 것 등이다. 만약 이처럼 부부관계를 생각하고 정의하는 데 정답이 있는 거라면, 둘이 함께한 시간이 늘어갈수록 정답을 말할 가능성이 커지지 않을까 여겨도 본다.

10년을 훌쩍 넘게 함께한 부부. 이젠 서로에게 너무 친숙한 우리는 때때로 아주 로맨틱한 상황에서도 더 이상 가슴이 두근대진 않는다. 거실과 이어진 작은 테라스에 둔 티 테이블에서 와인 잔을 기울이는 밤. 시원한 여름 바람이 솔솔 불어오고, 먼 산의 까만 실루엣이 눈에 들어오고, 나직한 재즈가 흐르는 궁극의 낭만 속에서도 우리는 서로에게 무척이나 담백하고 담담하다. 남편은 이런 무념무상(無念無想)의 상태가 "과학적으로 타당한 현상"이라고 했다. 생각해 보면 나도 그런 '과학적 현상'을 참 편안하게 여기고 좋아한다.

서로에 대한 연민과 남다른 익숙함과 편안함이 차곡차곡 쌓여가는 관계가 부부관계가 아닐까, 둘이 함께 지나온 14년의 세월이 흐른 지금 시점에서 내가 짐작해 볼 수 있는 정도다. 앞으로 더 많은 시간이 흐르면 어떤 생각을 더 하게 될지 장담할 수 없지만. 특히 남편은 피가 섞이지 않은 타인으로선 아마도 나의 꿈에 대해서 가장 많이 아는 사람이기도 할 것이다. 내가 남편을 '내 편'이라 여기는 가장 큰 이유다. 나는 적어도 그가 내 꿈을 깊이 지지해 주는 사람이라고 의심 없이 믿고 있다. 남편은 종종 나의 회사 업무나 취재 분야와 연관된 신문 칼럼이나 기사를 모바일 메신저 등으로 보내준다. 그럴 땐 신문을 읽으면서 적어도 한 번쯤 내 생각을 했다는 얘기가 될 테니, 나는 그가 보통 때도 내가 하는 일을 지지하고 응원해 준다는 생각이 들어 뿌듯해진다. 학창 시절 땐 아빠가 신문에서 본 좋은 칼럼이나 사설을 오려서 내게 건네주곤 했다. 그래선지 난 오래전부터 누군가가 쓴 좋은 글을 전해 받는 일엔 관심과 사랑이 깃들어 있다고 믿어 왔다.

　남편은 아직까진 최소한의 낭만을 유지하고 있다. 그렇게 믿는 이유는 그가 아주 가끔 내게 시집을 선물할 때도 있기 때문이다. 『김소월 시집』과 『정본 백석 시집』을 내 생일이나 기념일에 줬다. 특별한 날 선물로 시집을 받았을 때 아주 잠시 '선물값이 너무 싸다'는 생각도 했지만, 다정다감하기보다 무뚝뚝한 게 '본모습(이라고 믿고 있음)'인 그가 시집을 고를 줄 아는 사람이란 점에 나는 점수를 줬다. 책 첫 장에 짧게라도 써 준 문장 몇 줄에도 흡족해졌다.

　신문과 책을 읽는 사람을 좋아하는 건 나의 개인적 취향이다. 그래서 적어도 내겐 남편이 신문과 책을 읽고 건네도 줄 줄 아는 사람이란 게 더없이 중요한 사실이다. 글을 읽기를 즐긴다는 것 말고는 우린 서로 많이 다르다. 그는 무협 영화를, 나는 로맨스 영화를 좋아한다. 그는 골프를 치고, 나는 필라테스를 한다. 그는 매사 나보다 단순하고, 나는 그보다 번번이 복잡하다. 하지만 또 한

가지 공통점은 서로가 서로의 진짜 꿈이 뭔지를 최대한 알고 있다는 것이다(설마 아니진 않을 것이다). 우린 자주 각자의 꿈을 서로에게 무심하게 털어놓곤 하기 때문이다. 나는 남편이 나의 사사롭거나 묵직한 꿈들을 많이 알고 있다는 사실이 정말 든든하다.

결혼이란 하나의 생과 또 하나의 생이 겹쳐 함께하는 것이다. 그 생과 생은 알 수 없는 힘에 의해 어느 날 갑자기 서로를 만난다. 큐피드는 원래 예고하지 않는다. 그래서 애당초 준비란 불가능하다. 그리스 신화 속 피그말리온은 자신만의 갈라테이아를 조각해 사랑했지만, 현실 속 우리는 그럴 수 없다. 한때는 누군가에게 '완벽한 아내'가 되고 싶다는 소망을 품어 본 적도 있었지만, 어린 마음일 뿐이었다. 나는 내가 남편에게 완벽한 존재가 되기 어렵다는 걸, 그걸 꿈으로 삼을 이유도 없다는 걸 이젠 안다. 다만 그와 내가 함께 조화로운 한 팀이 되자고 목표해 본다. 서로 도와 인생이란 경기를 최대한 오래, 최대한 건강하게, 최대한 보람되게 완주하고 싶다.

책장 저편에 남편이 내게 준 백석의 시집이 꽂혀 있다. 다시 꺼내 본다. 그는 왜 백석의 시집을 내게 선물로 줬을까. 언제나 특별한 설명은 없다. 해석은 늘 나의 몫이다. 백석의 시들이 꼭 내 취향은 아니지만 「남신의주 유동 박시봉방(南新義州柳洞朴時逢方)」은 참 좋다. 시의 마지막 행, "그 드물다는 굳고 정한 갈매나무라는 나무를 생각하는 것이었다"를 곱씹어 본다. 그러니 나와 남편이 함께 지나온 시간만큼 키가 자랐을 '굳고 정한 갈매나무'가 어딘가에서 우리를 굽어보고 있을 것만 같다.

텍스트에 마음을 뺏긴다

:

"그림이 좋았고, 소설을 읽어 봐야겠다고 마음먹었으며,
음악을 들으면서 와인을 마셔야지 계획했다."

나는 어떤 대상을 '안다'는 느낌이 좋다. 물론 알아서 좋은 내용은 최소한 중립적이거나 긍정적인 것들이다. 미술관에 가서 그림 설명을 열심히 읽는 것도 그런 이유다. 읽고 나면 난생처음 보는 그림일지라도 '알게 되었다'는 만족감이 든다. 그래서 유독 대상을 설명하는 '텍스트(text)'에 마음을 뺏긴다. 텍스트의 의미가 일상의 소소한 기쁨이 될 때가 많다.

몹시 지친 상태로 퇴근하는 날이었다. 회사 앞에서 택시를 타려다 문득 집에 와인이 남아 있지 않다는 사실이 떠올랐다. 퇴근 후면 한두 잔쯤 마시는데, 없으면 왠지 허전하다. 특히 나름대로 스

트레스가 많았던 이 날은 집에 가서 레드와인을 마시고 싶은 마음이 간절했다. 아쉬운 대로 회사 앞 편의점에 갔다. 편의점이라면 와인 종류가 지극히 제한되어 있긴 하지만 웬일인지 그저 저렴한 것보다는 적당히 좋은 와인을 사고 싶었다. 때마침 진열된 와인마다 간단한 소개 문구가 붙어 있는 게 보였다. 선택의 이유가 될 텍스트들! 각각의 와인 앞에 붙은 설명을 빠르게 읽기 시작했다. 마치 미술관에서 그림 옆에 붙은 설명글을 읽어 내려가는 것처럼 말이다. 두 개 와인에 얽힌 얘기가 마음에 들어서 모두 사기로 결정했다.

하나는 프랑스 와인 '무통 카데'였다. "칸 영화제 공식 와인"이라고 적혀 있었다. 프랑스 남부의 휴양 도시 칸, 아직 가 보진 못했지만 이름만 들어도 설레어서 꼭 가 봐야지 마음먹고 있는 곳이다. 게다가 좋아하는 배우 전도연에게 여우주연상을 안겨 준 칸 영화제를 배우가 아닌 처지에도 무척 동경하고 있다. '이 와인을 마시면서 칸에 가 있는 상상을 해야지' 생각하며 집어 들었다. 또 다른 하나는 '넘버나인 크로이처'. 칠레 와인인데 "베토벤 소나타를 오마주한 에라주리즈의 특별한 와인"이라고 설명되어 있었다. 베토벤의 바이올린 소나타 9번, 「크로이처 소나타」에 영감을 받아 나온 와인이었다. 베토벤 음악을 틀어 놓고 와인을 마시면 멋진 기분이 들 것 같았다. 더욱이 와인병엔 황금색 드레스를 입은 여인이 피아노 건반 위에서 미처 손을 떼지도 못한 채 서 있다. 바이올린을 손에 든 검은 양복 차림의 남자가 그녀의 허리를 감고 있다. 둘은 열정적으로 키스를 나누는 중이다. 음악과 그림과 와인 맛을 다 알고 싶어졌다. 나는 미처 몰랐었지만 음악과 그림은 이미 유명한 작품이었다. 베토벤은 바이올린과 피아노 선율이 서로 다투듯 연주되는 격정적인 음악으로 연인들의 사랑을 표현했고, 이 음악에 감명받은 톨스토이는 동명의 소설 『크로이처 소나타』를 썼고, 톨스토이 소설에 감동한 화가 르네 프랑수아 자비에 프리네는 같은 이름을 제목으로 붙인 그림을 그렸다. 그림이 좋았고, 소설을 읽어 봐야겠다고 마음먹었으며, 음악을 들으면서 와인을 마셔야지 계획했다. 그렇게 짧은 순간 알차게 선택한 와인 두 병을 들고 집에 와 보니 피자가 도착해 있었다. 피자와 와인을 먹으면서 나는 남편에게 아주 열심히 두 와인을 설명해 댔다. 칸 영화제와 베토벤을 동원해서.

와인뿐 아니다. 좋아하는 아이템일수록 저마다 품고 있는 텍스트에 솔깃할 때가 많다. 카페에서 커피를 주문할 때도 종종 그 이름에 매혹되어 뭘 마실지 결정해 버린다. 블랙커피를 좋아하지만 때때로 시럽과 생크림이 잔뜩 들어간 신메뉴를 덥석 주문하는 이유다. 코로나19로 봄이 왔어도 봄을 제대로 느끼지 못해 마음이 처져 있던 어느 날 출근길에 스타벅스에 들렀다. 메뉴판에 '체리 블라썸 루비 라떼'가 보였다. 흐드러지게 피어난 팝콘 같은 벚꽃과 빨간 루비가 연상되었다. 주문한 커피를 받아들고 사무실로 들어왔는데, 마시는 내내 벚꽃과 루비가 떠올라 업무 중에도 기분이 좋았다. 요즘 집에서 내려 먹는 네스프레소 커피 캡슐도 제각각 이름을 갖고 있다. 캡슐 한 알 두 알을 내릴 때마다 매번 그 이름을 음미하게 된다. 캡슐에는 이탈리아 도시 이름들이 붙어 있는데, 커피 한 잔을 마실 때마다 나도 모르게 나폴리, 로마, 베네치아 등 이곳저곳을 떠올리게 된다. 내가 제일 좋아하는 건 강도가 가장 센 '이스피라치오네 나폴리' 캡슐이다. "오래 로스팅한 진한 다크 로스트, 강렬한 로스팅 향"이라고 그 맛과 향이 설명되어 있다.

서울 광화문 한가운데 있는 '파리크라상'도 좋아하는 베이커리다. 인근 교보문고에 갈 때마다 함께 들르곤 한다. 얼마 전 이곳에서 나도 모르게 빵을 너무 많이 샀다. 보기에도 맛있어 보였지만 빵을 소개한 글들이 더욱 유혹적이었다. '오리지널 루스틱(프랑스 스타일의 자파타로 껍질이 얇고 속이 부드러우며 고소한 제품)', '갈릭 루스틱(정통 루스틱에 갈릭 소스를 입힌 색다른 맛)', '이탈리안 버섯 포카차(쫄깃함이 남다른 이탈리안 도우에 다양한 버섯과 트뤼프 크림을 올린 풍부한 식감의 포카차)', '꿀 먹은 고르곤졸라 브레드(고르곤졸라와 꿀의 실패 없는 조합, 달콤하고 부드럽게 즐기는 브레드)', '향긋한 올리브 구움 케이크(레몬 마스카르포네 크림을 찍어 먹는 이탈리아 넘버원 올리브유 향을 가득 담은 케이크)' 등을 담았다. 특히 버섯 포카차와 고르곤졸라 브레드 옆에는 "와인과 함께하면 좋아요"라는 문구가 적혀 있어서 집으로 돌아가 와인과 함께 먹을 생각에 망설임 없이 집어 들었다. 빵과 함께 '엑스트라 버진 올리브오일'도 팔고 있었는데, 오일 한 병에 2만 5천 원이나 했지만 "토양이 좋기로 유명한 이탈리아 풀리아 지역에서 대를 이어 보존되어 온 생산 방식으로 올리브 고유의 풍부한 과실 향을 그대로 담은 오일"이라는 설명에 혹해 과감하게 선택했다. 올리브오일에 맨 빵을 찍어 먹는 걸 좋아한다.

세계적 유행병이 되어 버린 코로나19로 쉬는 날에도 외출을 자제하다 보니 인터넷 쇼핑에 심취하는 없던 취미가 생겼다. 특별한 경우가 아니면 보통 옷은 직접 입어 보고 사는 편이지만 인터넷 쇼핑몰에서 옷을 고르는 재미가 쏠쏠하다는 걸 알게 되었다. 인터넷 쇼핑의 장점은 마치 패션 잡지를 읽는 것처럼 옷을 설명하는 텍스트를 즐길 수 있다는 것이다. 사람들이 눈으로 보기만 하고도 구매할 수 있도록 유도해야 하기 때문에 이런저런 기발하고 유혹적인 수사들이 많이 동원된다. 최근엔 한 인터넷 쇼핑몰에서 나름 거금을 들여 베이지색 조끼 하나를 샀다. 여기저기 쉽게 덧입을 수 있는 유용한 조끼를 찾고 있긴 했지만 이 옷을 보자마자 구매한 이유는 제품에 달린 설명 때문이었다. "안무가의 작업에서 영감을 얻어 신체의 움직임과 그를 감싸는 흐름을 주제로 한 컬렉션"이 콘셉트라고 했다. 만약 다시 태어난다면 발레리나가 되고 싶은 나는 무용가가 입을 법한 옷이라도 입어 보고 싶었다. 현실 속에선 발레 대신 필라테스로 만족하는데, 발레리나의 등 근육이 부럽다는 내게 선생님은 "뒤태를 예쁘게 만드는 운동"을 가르쳐 주신다. 잘 따라 하면 발레리나처럼 등에 잔 근육이 생길 거라 했다. 동작이 힘들어도 선생님 말을 믿고 열심히 한다.

이처럼 나는 먹기 전에, 가 보기 전에, 해 보기 전에 대상이 가진 이름과 스토리에 먼저 설득당한다. 좋은 습관이라고 단정할 순 없지만, 덕분에 대수롭지 않은 일상에서도 행복감을 느낀다. 조금 과장되어 있다 해도 좋다. 매사 좋은 의미를 부여하면 생활 속 작은 아이템들이 좋은 기분을 가져다준다. 삶을 더 풍성하게 만들어 보고 싶어서 취하는 방법이다.

4장.

더 많은

정체성을 원한다

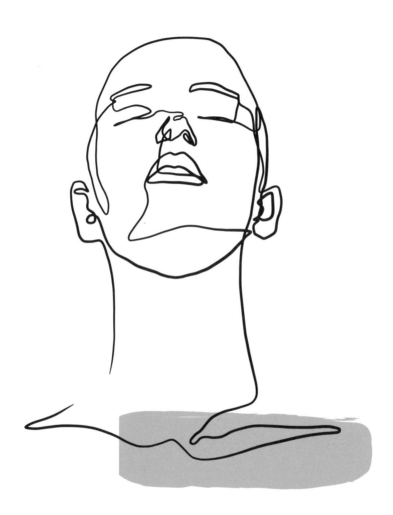

더 많은 정체성을 원한다

:

"버리고 선택하는 일도 다양성에서 비롯된다."

유튜브에서 우연히 작가 김영하의 강연 영상을 봤다. '모두 예술가가 되는 삶'이란 주제로 몇 년 전에 진행한 20여 분짜리 짧은 강연이었다. 앞으로 인간이 경쟁력을 갖는 유일한 영역 중 하나는 결국 '예술'이 아닐까 하는 생각을 자주 한다. 그래서 진지하게 듣기 시작했다.

김영하는 뉴욕에서 만났던 한 흑인 택시 기사의 얘기를 꺼냈다. 언젠가 뉴욕에서 택시 뒷자리에 타게 되었는데, 운전기사의 프로필에 '배우'라는 단어가 적혀 있었단 것이다. 기사는 자기가 〈리어왕〉을 연기하는 셰익스피어 전문 배우이고, 벌써 네 번이나 무대에 올랐다며 자랑스럽게 말했다고 했다. 그 기사는 낮에는 뉴욕에서 택시를 몰고 밤이나 주말에는 연극 연습을 하거나 공연을 하는 '택시 기사이자 배우'였던 것이다. 김영하는 이 강연에서 "여러 가지 정체성을 갖고 사는 삶"이 좋다고 얘기했다. 더구나 하나의 직업에 오래 종사하지 못하는 요즘 같은 세상에서라면 '예술가로서의 정체성'이야말로 가장 지속적일지도 모른다고 말이다. 나는 공감했다. 동시에 뉴욕에 가고 싶다는 생각이 들었다. 낮에는 택시를 몰고 밤이나 주말엔 연극을 하는 그 택시 기사와 같은 사람들이 지금 뉴욕엔 참 많을 것 같았다. 그런 뉴요커들 사이에 섞여 살다 보면 나 역시 그렇게 여러 개의 정체성을 갖고 더 자유롭고 충만하게 살게 되지 않을까, 상상하게 되었다.

생각해 보면 뉴욕이 아닌 서울에서도 불가능한 얘기가 아니다. 실제로 그렇게 다양한 직업을 동시에 갖고 사는 사람들도 이미 많다. 잡지에서 '교사이면서 래퍼', '회사원이자 플로리스트', '웹툰 작가 겸 개그우먼'인 사람들의 얘기를 읽으면서 따라 하고 싶다는 생각을 한 적도 있다. 나 역시 여전히, 되어 보고 싶은 것들이 너무 많기 때문이다. 이런저런 하고 싶은 일들을 떠올리다 보면 두세 가지도 훌쩍 넘는다. 다중 생활을 해야 할 정도다. 이미 나는 기자이자 작가라고 스스로를 격려한다. 물론 회사에 소속된 기자가 본업이다. 동시에 잠과 여가 활동을 줄여가며 새벽 시간과 주말마다 책 원고를 쓰고 있으니 나름대로는 작가로서의 정체성도 갖고 있다고 생각한다. 회사 일이 힘들면 새벽에 일어나 글을 쓰는 나에게 위로받고, 글 쓰는 게 어렵게 느껴지는 날이면 적어도 월급 받는 게 부끄럽지 않을 만큼 매일 성실히 업무를 수행하는 나로부터 응원을 받는다(물론 아내나 엄마, 딸, 며느리와 같은 필연적 정체성은 별개의 문제다).

런던 연수 기간에 쓴 첫 책으로 얻은 '작가'라는 호칭은 어색함과 설렘을 동시에 가져다 줬다. 출판사 관계자들이나 독자들이 나를 '작가'라고 부를 때마다 지난 십수 년간 내 정체성을 대변하던 '기자'를 잠시나마 떠나게 되는 낯선 기분에 휩싸였다. 달곰쌉쌀한 초콜릿을 먹거나 복잡다단한 문제를 풀어냈을 때 느낄 법한 쾌감도 함께 왔다. 새로이 얻은 또 다른 정체성 앞에서 난 흥분을 감추기 어려웠고, 뿌듯했고, 아주 만족스러웠다.

살면서 지금 하고 있는 일 말고 또 다른 것들을 하고자 갈망한다는 건, 아직 삶에 대한 열정이 식지 않았다는 의미다. 어렸을 때부터 뭐든 하고 싶고, 되고 싶은 게 많았던 나는 간혹 "하고 싶은 게 없다"라거나 "특별히 꿈이 없다"라는 말을 하는 친구들을 완전히 이해하진 못한다는 걸 알았다. 설령 다 이루면서 살 순 없다 해도 꿈이란 건 그 자체만으로도 좋은 거라고 생각했다. 보통은 지루하고 평범한 우리 일상에서 꿈이야말로 비타민 같은 활력소가 되어 준다고 믿었다. 난 여전히 새로운 전개가 일어나는 동화 같은 삶을 꿈꾸는 건지도 모르겠다. 지금도 뭔가 더 좋은 일을 할 수 있는 기회가 있을 것만 같아 기다리는 마음으로 산다. 가끔 비현실적이란 생각이 스쳐도 아랑곳하지 않는 이유는 그 기다리는 마음이 나의 열정에서 비롯된 것임을 알기 때문이다.

우리가 주변과의 상호 작용과 교감을 통해 발전하듯, 한 사람이 가진 다양한 관심과 열정들도 서로 영향을 주고받으면서 업그레이드된다. 지금 하고 있는 일과 다른 일을 함께하다 보면 서로 다른 꿈과 열정들이 조화롭게 섞이면서 좋은 영향을 주고받기도 한다. 나 역시 분초를 다투는 바쁘고 딱딱한 기자로서의 삶 말고도, 내 생각과 감정을 충분히 쏟아붓는 작가로서의 삶에 함께 관심을 가지면서 더욱 단단하고 긍정적인 사람으로 거듭나는 기분이다. 기자의 삶에서 부족했던 낭만과 지적 사치를 다른 방식으로 풀어 볼 수 있는 또 다른 영역이 생겼다. 물론 내 삶에 새로 추가된 이 영역은 지극히 현실적이고 반복적인 기자 생활에 의해 알맹이가 채워지고 근간이 지탱된다. 어쨌든 난 두 가지를 다 잘하고 싶어

두 배의 정성을 쏟고 있다. '일하는 기쁨'도 두 배가 된 듯하다.

　다양한 정체성을 갖고 사는 삶, '일인다역(一人多役)'을 꿈꾼다는 건 힘든 일상 속에서도 '이것만이 내 인생의 전부가 아니다'는 믿음과 안도, 희망이 생김을 의미한다. 삶의 열정을 찾고 기쁨을 느끼고 숨쉬기 위한 '인생의 카드'가 많아졌다는 뜻이다. 프랑스 대통령의 부인이면서 새 앨범을 내는 가수였던 카를라 브루니의 열정을 좋아하는 나는 영국의 해리 왕자와 결혼한 메건 마클이 결국 왕실을 떠나는 선택을 한 게 조금은 안타깝다. 왕자비인 동시에 연기하는 배우로서의 그녀를 보고 싶었기 때문이다. 하지만 메건 마클이 과감하게 왕실을 떠날 수 있었던 건 결국 그녀가 다양한 정체성을 갖고 있었기 때문일 것이다. 왕자비 역할만이 인생의 전부가 아니었을 테니까.

　버리고 선택하는 일도 다양성에서 비롯된다. 복수의 선택지가 있어야 가능해지는 일이다. 다른 삶을 선택하고 다른 꿈을 꿀 수 있다는 건 이미 갖고 있는 자산이 많았다는 얘기이기도 하다. 그러니 이제 우리 부디 더 많은 정체성을 꿈꿔 보자. 여기서 막히면 저기서 또 다른 걸로 위로받고 다시 힘을 내서 도약할 수 있도록 말이다. 좋아하는 건 잘하게 될 가능성도 크다. 좋아하면 관심과

열정이 생긴다. 저마다 나름의 작은 불꽃들일 내면의 관심과 열정
을 쉽게 무시하거나 꺼뜨리진 말자. 장작을 지펴 활활 불태우는
삶을 꿈꾼다.

극복한다는 것

:

"세상은 생각보다 간단치 않아서,
아주 평범한 것들을 지키는 데도 평범하지 않은 노력이 필요하다."

어린 시절 나와 동생이 함께 놀고 잠을 잤던 방엔 높이가 낮은 3단짜리 노란색 책장이 한 벽면을 차지하고 있었다. 그 책장 한 귀퉁이에 기대 헬렌켈러 전기를 읽고 있는 어린 나의 모습을 생생하게 기억한다. 유독 헬렌켈러 전기를 읽었던 당시가 각인되어 있는 건 그 책이 태어나서 처음 읽은 낱권짜리 청소년용 책이었기 때문이다. 그때가 초등학교 1학년쯤 되었던 것 같다. 이전까진 주로 빳빳한 컬러 종이로 된 어린이용 책들을 봐 왔거나 낱권짜리 단행본이 아닌 전집으로 묶인 책들을 읽었다. 『헬렌켈러』는 아빠가 유치원을 졸업하고 초등학교에 입학한 내게 주려고 시중 서점에서 따로 골라 사 왔던 첫 번째 책이기도 했다. 초등학교 1학년이 읽기엔 황색 종이에 빼곡한 글자 크기가 꽤 작은 편이었다. 출판사가 어디였는지는 잘 모르겠다. 아빠는 딸의 독서력을 향상시키고 싶었던 걸까. 읽는 동안 '이젠 나도 많이 컸다'는 생각을 했다.

단순히 책의 수준이 한 단계 올라갔다는 게 오래 기억하는 이유의 전부는 아니다. 이성과 감성을 한꺼번에 동원했고, 눈물과 감동이 동시에 뒤따랐던 경험 때문이다. 보지도, 듣지도, 말하지도 못하는 어린 켈러가 설리번 선생님의 도움으로 자신의 손에 쏟아지는 차가운 물을 느끼며 '물(water)'이라는 단어를 알게 되는 장면을 나는 잊지 못한다. 어린 내가 애장했던 청소년용 헬렌켈러 책은 어느 순간 사라져 버려 지금은 없지만, 어른이 된 내가 얼마 전 서점을 돌다 우연히 보게 된 헬렌켈러 책을 사 왔다. '내 삶의 이야기'라는 부제가 붙은 그의 자서전이었다. 나는 어린 시절에 받았던 그 강렬한 감동을 다시 느껴 보고 싶었다. 그리고 책을 읽어 나가면서 지금껏 내가 믿고 좋아해 온 가치들이 사실은 헬렌켈러의 삶 속에 모두 있었던 것들임을 새삼 깨달았다.

불굴의 의지, 정체성, 고집, 독서열, 열정, 명랑함, 긍정의 힘, 에너지, 배움, 또렷한 감정, 어려운 순간에도 필요한 약간의 유머, 기본적으로 주어진 것들에 대한 감사, 그리고 '노력'. 헬렌켈러는 눈이 멀고 귀가 먹고 말도 하지 못했지만 암흑 같은 세상을 뚫고 평생 장애를 극복하는 삶을 살았다. 읽고, 쓰고, 말하고, 작가가 되고, 강연가가 되고, 사회사업가가 되었다. 그 인생을 피나는 노력과 의지 말고 또 어떤 말로 설명할 수 있을까. 노력하면 할 수 있고, 이룰 수 있다는 걸 의심하지 않는 해맑음이 내 안에 있다면 그 믿음이 처음 시작된 순간은 『헬렌켈러』를 다 읽었던 어느 어린 날이었을 것이다.

이율배반적이었던 건, 어릴 때 나는 노력으로 인한 성취에 감동하면서도 정작 스스로가 노력형 범주에 묶이는 걸 원하지 않았다는 것이다. 공부를 안 해도 시험을 잘 봐서 머리가 좋다는 말을 듣고 싶었고, 타고난 재능이 많아 남들보다 적게 힘들이면서도 좋은 결과를 얻고 싶었다. 그래서 학창 시절엔 남들이 보지 않는 집에서 공부를 더 하더라도 학교에선 노는 척을 하기도 했고, 항상 노력하는 자세를 보이는 친구들 앞에선 그들과 달라 보이려고 일부러 대충하는 척, 건성인 척 꾸며 댔다. 지금 생각해 보면 당시의 내가 참 어리석고 가소롭다. 밖에서 보여주기식 '척'을 하는 대신 늘 열심히 했더라면 성적이 더 좋았을 것을, 왜 그랬을까. 심리학자는 아니지만 당시 나의 심리를 지금의 내가 추정해 본다면, 후천적 노력 없이도 선천적 조건만으로 잘 살거나 잘되기를 바랐던 마음이 컸던 것 같다. 노력하는 건 좋은 것이지만 힘들고 어려운 일이란 것도 알아서 지레 두려워하고 겁을 먹었던 것이다.

　그러던 내가 10대, 20대를 거쳐 30대, 40대로 접어들면서 점점 달라졌다. 나 자신은 물론이고 타인도 나를 성실하게 노력하는 사람으로 인정해 주길 바라게 되었다. 지금까지 일하며 만난 무수한 동료와 선후배, 취재원 중에서 내가 언제나 믿고 신뢰할 수 있는 이들은 모두 '노력하는 사람'이란 공통점이 있었기 때문이다. 부족한 걸 채우기 위해서 노력하고, 더 잘하기 위해서 노력하고, 하던 일을 끝까지 충실히 매듭짓기 위해 노력하는 사람들 앞에서 나는 매번 나의 자세를 점검하고 겸허해졌다. 땀과 노력 없이 감동을 주는 성취를 난 한 번도 본 적이 없다. 직장에선 '머리 좋고 게으른 상사가 제일 좋다'는 얘기를 농담처럼 하는 경우가 종종 있지만, 그렇지 않다. 게으른 상사는 결국 신뢰받을 수도, 감동을 줄 수도 없다. 세상은 생각보다 간단치 않아서, 아주 평범한 것들을 지키는 데도 평범하지 않은 노력이 필요하다.

　노력한다는 건 극복한다는 것이다. 핸디캡을 딛고 올라서고, 그냥 두면 안 될 수도 있는 일을 되게 만드는 것에 노력의 본질이 있다. 생각해 보면 정말 신비로운 힘이다. 마법을 갖고 있지 않은 우리는 노력을 통해 꿈을 실현시킬 수 있다. 그러니 노력이야말로 진정한 마법이 아닐까. '하루아침에 신데렐라가 되었다'는 말을 듣는 이들이 나오곤 하지만, 신데렐라가 얼마나 노력형이었는지를 생각해 볼 일이다. 심술궂은 계모와 언니들의 온갖 괴롭힘과 방해에도 자신의 마음을 구기거나 꾀부리지 않고 언제나 열심히 일한 덕분에 요정이 찾아온 거다.

보지도 듣지도 못하는 헬렌켈러는 말을 하기 위해 택했던 방법이 "연습, 연습, 그리고 또 연습"이었다고 고백했다. 그렇게 노력하다 보니 절망도 희망으로 바뀌었다. 나는 내가 이번 생에서 몇 번쯤은 엄청난 노력을 기울여 보기를, 매일매일은 습관적 노력으로 운용할 수 있기를 꿈꾼다. 노력을 벗 삼아 크고 작은 행운과 기적들을 맛보고 싶다. 우리 모두 '노력'이란 요술봉으로 호박을 황금빛 마차로, 초라한 옷을 눈부신 비단 드레스로 변하게 할 수 있을 거라고, 그 동심 어린 믿음을 잃지 말자고, 북돋아 본다. 비비디 바비디 부!

부러워할 줄 아는 마음

:

"인생은 좋아하는 것들이
차곡차곡 더해지는 과정이다."

17세기 프랑스 극작가이자 배우였던 몰리에르는 "사랑 없이 사는 것은 정말로 사는 것이 아니다(Vivre sans aimer n'est pas proprement vivre)"라고 했다. 꼭 사랑하는 연인이 있어야만 삶이 삶다워지는 건지는 모르겠다. 하지만 뭔가를 좋아하고 사랑하는 마음이 우리에게 생기와 열정을 가져다주는 건 사실이다. 좋아하고 사랑하는 마음이 부러움과 모방의 본질이고, 소유와 성취의 원동력이며, 순수함과 기쁨의 이유가 된다.

사랑하고 좋아하기 위해선 좋은 걸 볼 수 있는 눈을 가져야 한다. 대상의 장점을 알아볼 수 있다는 건 일종의 능력이다. 물건뿐 아니라 사람을 대함에 있어 더욱 빛나는 능력이다. 좋은 눈을 가지면 설령 싫은 사람일지라도 그만의 장점과 능력을 인정하는 아량도 생긴다. 공정함도 여기서 비롯된다. 건전한 조직에선 리더가 사심 없는 공정함을 구사한다.

다른 사람의 좋은 점을 보게 될 때 나도 그렇게 되고 싶어진다. 그 순간 느껴지는 감정이 부러움이란 것도 안다. 실제로 '부러워하다'의 사전적 정의는 "남이 잘되는 것이나 좋은 것을 보고 자기도 그렇게 되고 싶어 하다"이다. '부러우면 지는 거다'란 말이 있지만, 나는 부러워할 줄 아는 마음은 귀한 거라고 생각한다. 좋은 것을 별것 아닌 것으로 낮춰 보지 않고 인정할 줄 알아야 가질 수 있는 마음이기 때문이다. 부러워도 지고 싶지 않아서 모두 그 마음을 애써 감춘다. 좋은 걸 보는 눈을 갖고도 자연스럽게 뒤따르는 감정을 억누르는 것이다. 하지만 부러우면 지는 게 아니라 부러우면 발전할 수 있다. 누군가가 부러울 때 자신을 되돌아보게 되고 노력하게 된다. 부러운 이들을 마음에 남기고 그들처럼 될 수 있도록 노력한다면, 언젠가는 또 다른 누군가가 우리를 닮고 싶어 할지도 모른다. 밀레를 동경했던 고흐가 그를 따라 무수히 많은 그림을 그렸고, 이젠 더 많은 이가 고흐의 그림을 동경하는 것처럼 말이다. 부러워하되, 비교하는 데 그치지 말고 스스로 그

좋은 것들을 가질 수 있도록 노력하면 된다.

'정말로 살기 위해' 나는 사랑하고 좋아하는 것들을 많이 만들려고 노력한다. 좋아하는 책, 좋아하는 그림, 좋아하는 음악, 좋아하는 영화, 좋아하는 운동, 좋아하는 옷, 좋아하는 음식, 좋아하는 장소, 그리고 좋아하는 사람. 이 모든 건 취향이 되고 취미가 되고 루틴이 되어 나를 설명한다. 살면서 좋아했다가도 더 이상 좋아지지 않는 것들이 생겨나곤 하지만, 기본적으로 인생은 좋아하는 것들이 차곡차곡 더해지는 과정이다. 세상에 태어날 때 빈손으로 왔으니 결국 삶은 '더하기'인 셈이다. 살아갈수록, 나이가 들수록 삶이 무거워지는 이유다. 애정을 준 것들이 쌓이는 만큼 인생도 무게가 나간다.

그래서 법정 스님은 '무소유'를 말했다. 물건이든 사람이든 애착하는 만큼 집착한다면 괴로워지기 때문이다. 하지만 나는 스님의 마음을 따라가기엔 한없이 부족한가 보다. 나는 소유하는 게 두렵기보다는 좋아하는 마음이 사라져 버리는 게 더 두렵다. 애착심 없인 성취도 없을 것 같아서다. 더 경험하고 더 느끼고 좋아하는 것들을 하나둘 쌓아 온 시간 속에서 나는 성장해 왔다. 때때로 설레고 두근대고 슬프기도 했지만 기쁨이 많았다. 평범한 일상을 채우는 좋은 것 하나도 거저 얻어진 건 없었다. 크고 작은 노력 끝에 생겨난 것들이었고 풍성한 인생을 위해 투자한 결과였다. 아직 내게 아이의 순수함이 남아 있다면 그건 아마도 내가 좋아하는 것들 덕분이다.

법정 스님은『무소유』에서 간디에 비해 가진 것이 너무 많다고 생각되어 부끄러웠다고 고백했다. 자신을 "가난한 탁발승"이라고 했던 간디는 "물레와 교도소에서 쓰던 밥그릇과 염소젖 한 깡통, 허름한 담요 여섯 장, 수건 그리고 대단치도 않은 평판"만을 갖고 있다 했다. 눈에 보이는 것만으로 치자면 나 역시 간디에 비해 가진 것이 너무 많다. 그럼에도 부끄럽기보다는 행복함을 고백한다. 지금 내가 가진 좋은 것들 때문에 틈틈이 설레기 때문이다. 간디와 법정 스님을 따라갈 순 없을 것 같다. 그래서 '몰리에르식으로' 차선을 택한다. 많은 사랑을 갖고 정말로 살고 싶다.

열린 말로 소통하기

:

"말과 행동, 인연, 세상 만물의 모든 상호 작용엔
앞이 뒤를 이끄는 측면이 있다."

「신데렐라」와 「잠자는 숲속의 공주」로 유명한 프랑스 동화 작가 샤를 페로의 작품 중엔 「마법의 요정」도 있다. 말할 때마다 입에서 꽃과 보석이 나오는 마음 착한 소녀와, 말할 때마다 입에서 뱀과 두꺼비가 튀어나오는 심성 못된 소녀가 함께 등장하는 이야기다. 어릴 때 읽었지만 지금까지 꽤 강렬하게 기억 속에 남아 있는 동화다. 말할 때마다 아름다운 보석이 흐르는 것과 징그러운 벌레가 나오는 것은 얼마나 대조적인가. 마음결에 따라 쓰는 말의 수준과 모양새가 달라지고, 고운 말은 보석과 같다는 흔한(?) 교훈을 품고 있다. 기왕이면 '보석 같은 말'을 하는 사람이 되고 싶다는 고품격 소망을 지니게 된 연유엔 분명 페로의 이 동화가 큰 몫을 차지하고 있다.

정말로 입에서 보석이 흘러나올 리 만무할지라도 말 한마디가 진주나 다이아몬드, 사파이어나 에메랄드나 루비처럼 값진 가치를 가질 때가 많다. 어쩌면 이 모든 보석보다 더 귀한 쓰임새가 있는 경우도 많을 것이다. 좋은 말이 좋은 관계의 기본이기 때문이다. 사람 사이에 오가는 말이 어떠한지만 보더라도 우린 쉽게 그 사이를 짐작할 수 있다. 김소월의 「진달래꽃」 중 한 구절 "죽어도 아니 눈물 흘리오리다"처럼 특별히 강조하기 위해 반어를 쓰는 게 아니라면, 말에는 마음이 그대로 실리는 경우가 많다. 하긴, 반어는 곧 강조의 의미란 것도 우린 알고 있다.

하지만 나는 설령 마음이 덜해도 말은 가능한 좋게 하는 게 좋다는 걸 지론으로 삼고 있다. 고운 단어를 정성스럽게 골라 쓰는 형식적인 노력만으로도 자신이나 상대를 배려할 수 있기 때문이다. 좋고 싫은 마음까지야 어쩔 수 없다. 다만 마음을 담아내는 그릇인 말을 잘 포장하는 건 가능하다. 그건 위선도 가식도 아닌 예의와 품위의 문제다. 자신과는 입장과 생각과 처지가 다른 상대의 자리에서 '그래, 그럴 수도 있겠다'고 짐작해 보는 역지사지의 자세에서 대부분 좋은 말이 나온다. 물론 말처럼 쉽지 않다. 성장하고 성숙하기 위해 노력하는 사람만이 지닐 수 있는 태도다. 비로소 선배가 되어서야 선배의 마음을, 후배의 자리를 조금이나마 더 이해할 수 있게 되는 것이기도 하다.

말은 우리가 공존하기 위해 쓰인다. 그래서 말의 시작은 이름을 불러 주는 것이다. 김춘수의 「꽃」에 나오는 한 구절 "내가 그의 이름을 불러 주었을 때, 그는 나에게로 와서 꽃이 되었다"를 꺼내 본다. 누구에게나 그런 경험이 있을 것이다. 영 내키지 않는 대화 상대 앞에서 이런저런 호칭이나 이름을 부르지 않은 채 말을 이어 간 경우 말이다. 상대의 이름을 부르는 데엔 애정과 친근함이 담긴다. 누군가 내 이름을 불러 주는 게 좋아서, 나도 꼬박꼬박 이름을 불러 주려고 노력한다. 특히 누구누구 '씨'보다는 누구누구 '야(아)'가 더 좋다. 나보다 윗사람이라면 내게 '민진 씨'보다는 '민진아'라고 불러 주는 게 좋다는 말이다. 개인적 취향일 수 있겠지만, 나를 '민진아'라고 부를 수 있는 사람이라면 '민진 씨'로만 부를 수 있는 사람보다 더 친근한 사이일 것이다. 내가 후배들을 부를 때 웬만해선 이름에 '씨'를 붙이지 않는 이유이기도 하다(행여 나와 달리, '씨'를 붙이지 않은 호칭이 마음에 들지 않는 후배님들이 이 글을 본다면 내게 꼭 말해 주길 바란다. 당연히 원하는 대로 정정해 부를 것이다).

기자는 '~같다', '~라고 생각한다'보다는 '~이다', '~가 아니다', '맞다', '틀리다' 등을 말해야 하는 삶을 산다. 추측하거나 짐작하지 말고 확신하고 단언해야 한다. 기자가 스스로도 확신하지 못하면서 시청자나 독자를 이해시키고 설득하긴 어렵기 때문이다. 그래서 대부분의 기자는 '확신의 말'에 길들어 있다. 틀림없어야 한다는 강박을 안고 산다. 하지만 언제부턴가 '~일지도 모른다' 혹은 '~가 아닐지도 모른다'처럼 가능성과 여지를 남기는 말을 더 연습해야 하진 않을까 하는 생각이 들곤 했다. 서로 공감하고 평화로워지려면 그렇게 '열린 말'로 소통해야 하기 때문이다. 말이 열리면, 관계도 열린다. 말에 가능성을 열어 두어야 관계의 가능성이 열리는 것이다. 좋은 인연을 더 많이 만들기 위해 '닫힌 말'이 아닌 '열린 말'을 해야 하는 건 아닌지, 그리하여 모든 관계에 가능성을 열어 두는 삶이 더 풍요로운 건 아닐지 종종 생각해 보게 된다.

글을 쓰다 보면, 문장이 문장을 쓴다고 여겨질 때가 많다. 한 문장이 완성되면 자연스럽게 다음 문장이 뒤따르는 것이다. 그래서 내 생각이 글로 표현되는 건지, 글이 내 생각을 정리하고 있는 건지 알쏭달쏭해질 때가 많다. 어쩌면 둘 다 일지도 모른다. 비단 글뿐만도 아니다. 말과 행동, 인연, 세상 만물의 모든 상호 작용엔 앞이 뒤를 이끄는 측면이 있다. 그래서 첫마디 말에 애정을 담아야 다음 말도 예쁘게 흐른다. 내가 상대의 이름을 불러 주면 그도 나의 이름을 불러 준다. 만나게 되는 이들과 보석 같은 말을 주고받으며 보석 같은 인연을 이어가고 싶다. 그런 소망으로 오늘도 바르고 고운 말을 쓰는 착한 어른이 되어야지 결심해 본다.

관계를 꿰는 첫 단추

:

"만에 하나 다시 못 볼 수도 있는 사람이라고 생각되면
난 나의 가장 괜찮은 모습을 보여 주고 싶어진다."

사람들 사이에서 맺어지는 관계라는 '인연(因緣)'. 이상하게도 이
단어를 말하거나 볼 때마다 조금은 아련한 기분이 든다. 수만 광
년 전 어느 과거쯤으로 거슬러 올라가는 듯한 기분이 들거나, 나
와 묶여 있는 수많은 인연이 지구의 먼 구석구석까지 흩어져 있을
것만 같다.

교과서에 나왔던 피천득의 수필 「인연」의 한 구절도 기억한다.

그리워하는데도 한 번 만나고는 못 만나게 되기도 하고, 일생
을 못 잊으면서도 아니 만나고 살기도 한다. 아사코와 나는 세

번 만났다. 세 번째는 아니 만났어야 좋았을 것이다.

_피천득, 『인연』(민음사, 2018), 140쪽

마음에 남은 사람도 인연이 다하면 만남이 그쳐지는 것, 때로는 한 번 덜 만나야 더 그리운 인연으로 남을 수 있음을 「인연」을 배우면서 어렴풋이 짐작했던 것 같다. 인연은 비교적 정해져 있고, '왔다 가는 것'이기에, '가는 사람 잡지 말고 오는 사람 막지 말자'는 식의 생각도 서서히 뚜렷해져 왔다. 나는 그렇게 철이 들어가는 가운데 사람과의 관계, 인연에 대해서만큼은 지나치게 노력하지 않는 게 좋다고 여기게 되었다. 삶 속에 주어지는 다른 주제들을 대하는 자세와 견주어 볼 때, 인간관계 문제만큼은 힘을 더하기보다는 빼려고 노력한다.

사회생활 가운데 만나는 인연을 대할 때 나름대로 중요하게 생각하는 몇 가지가 있다. 일단 능동적으로 다가가는 일이다. 만나고 알게 되는 무수한 사람들과의 관계는 시간이 흐르면서 자신도 모르는 사이 흐지부지 그 수명이 다하거나 망가져서 버릴 수밖에 없는 경우도 생긴다. 또 대부분 마음에 달린 '관계의 문제'에 대해서라면 복구나 회생을 위해 지나치게 애쓰지 않고 순리를 따르는 게 좋다고 믿고 있기도 하다. 하지만 나는 누군가와의 인연을 처음 시작할 땐 비교적 먼저 노력하는 편이다. 나의 어딘가에 느슨하게 묶여 있는 수많은 '인연의 실'을 내가 먼저 잡아당겨 보고 싶은 호기심이 생겨서다.

회사 연수로 난생처음 가 본 런던에서 딱 1년을 지내면서 처음 만난 로지와 게일과 타라와 진짜 친구가 되는 과정에서도 그랬다. 내가 먼저 그 인연의 실들을 잡아당겼다. 먼저 인사하고, 밥도 같이 먹자 청하고, 그들의 사소한 일상에 관심과 애정을 보여 줬다. '인연은 이미 정해져 있다'고 믿고 있으면서도, 그렇게 정해져 있는 좋은 인연들을 놓치지 말고 잘 가꿔 나가야 하는 마음도 갖고 산다. 언젠가 봤던 좋은 문구, "내가 좋은 사람이 되어 좋은 사람이 내게 오도록"이라는 말을 실천하기 위해 노력한다. 주변에 좋은 사람들이 많아지면 삶이 더 풍요로워진다는 사실도 알게 되었다. 내가 먼저 손 내밀면 상대도 내 손을 잡을 가능성이 크고, 내가 좋은 사람이 되면 주변에 좋은 사람이 더 많아질 거란 믿음이 있다. 그렇게 나는 '정해진 인연'들을 발견하고 가꿔 나가려 한다.

믿어 주는 것도 중요하다. 특히 일을 하며 만나게 된 사람들이 서로에 대한 믿음을 보여 주는 건 조직의 경쟁력과 성장 잠재력을 높이는 일이다. 예를 들어 후배는 선배가 믿어 줄 때 더 열심히 한다. 선배도 후배가 신뢰를 보여 줄 때 자신감을 얻는다. 누구나 타인으로부터 인정받고 싶어 하는 욕구가 있기 때문이다. 탐관오리로 비난받던 황희가 조선의 최장수 명재상으로 거듭날 수 있었던 것도 세종이 그를 믿어 줬기 때문이었다. 나 역시 나를 인정해 주고 격려해 주는 선배들을 실망시키고 싶지 않아 더 열심히 일했다. 그 마음을 알아서 나 또한 아끼는 후배들에겐 신뢰하고 격려하는 마음을 전해 주려고 노력한다. 믿어 주고 부응하는 관계는 이끌고 따라가는 견고한 인연이다.

그리고 '여운'. 인연에도 여운을 남기는 게 필요하다. 이건 인연이 시작될 때보다는 언제 또 다음이 찾아올지 기약하기 어려울 때나 끝을 직감할 때 되새겨 보는 자세이다. 만에 하나 다시 못 볼 수도 있는 사람이라고 생각되면 난 나의 가장 괜찮은 모습을 보여 주고 싶어진다. 누군가에게 내 마지막 인상이 여운을 남긴다면, 그 사람에게 난 평생토록 좋은 사람으로 기억될 확률이 높아지기 때문이다. 그래서 나의 마지막 모습에 대한 욕심이 생긴다. 이런 욕심 때문에 때때로 상대가 미워질 때조차 최대한 예의를 갖추려 노력한다. 더 이상 만나고 싶지 않은 사람인 만큼 '어차피 더 볼 마음이 없으니 좋게 마무리하자'고 생각해 버린다. 그저 인연의 끝을 예감하는 순간도 마찬가지다. 언제 또다시 만나게 될지 모름을 염두에 둔다. 당장은 아쉽지만 후일엔 더 좋은 인연으로 만날지도 모를 일이다. 서로가 서로를 최상의 상태로 간직할 수 있었으면 좋겠다.

피천득은 또 다른 수필 「신춘」에서도 '인연'에 대해 말했다. "인생은 작은 인연들로 아름답다"는 게 그의 생각이다. 온 생을 묵직하게 함께 가는 '큰 인연'이 있다면, 길모퉁이에서 스쳐 지나가는 듯한 '작은 인연'도 많다. 나 또한 더 많은 사람에게 '새봄' 같은 작은 인연이길 소망한다.

나는 어떤 한계도
긋고 싶지 않다

:

"우리의 인생이 바다와 같다면,

그 깊이와 한계 따위를 아직은 알고 싶지 않다."

마법에 걸려 낮에는 백조로 변하고 밤에는 사람이 되는 오데트 공주와 지크프리트 왕자의 사랑을 그린 발레 「백조의 호수」.

새 왕비의 저주 때문에 백조로 변해 버린 오빠들에게 쐐기풀로 만든 옷을 지어 입혀서 마법을 풀어 주는 착한 동생이 나오는 동화 「백조 왕자」.

백조가 내게 여전히 '환상의 존재'로 남아 있는 이유는 어릴 적부터 지금까지 줄곧 좋아해 온 이런 꿈같은 이야기 때문일 거다. 가끔 동물원에 갈 때면 실제로 백조를 본 적이 있었고, 지난해엔

영국에서 살면서 끝없이 펼쳐진 호수 위를 노닐던 백조들을 아주 자주, 지척에서 보곤 했는데 참 이상하다. 웬일인지 백조는 그렇게 직접 봤어도 자꾸 본 적이 없다는 생각이 든다. 분명히 봤는데 말이다.

어른이 되어서 알게 된 말 중에 '백조의 노래'라는 게 있다. 백조는 평생 울지 않다가 죽기 직전에 단 한 번 아름답게 노래하고 죽는다는 북유럽 전설에서 비롯된 말인데, 예술가들의 '마지막 작품'을 의미하기도 한다. 내가 좋아하는 어니스트 헤밍웨이의 중편소설 『노인과 바다』가 그에겐 백조의 노래였다. 헤밍웨이가 53세 되던 1952년에 출간되었는데, 1961년 엽총 자살로 생을 마감하기 전까지 세상에 내놓은 마지막 작품이었다. 『노인과 바다』로 헤밍웨이는 퓰리처상과 노벨문학상을 받았다. 스스로도 자신의 작품 중에 가장 뛰어나며, 자신이 쓸 수 있는 가장 훌륭한 작품이라고 평했다.

소설 속에서 노인 '산티아고'는 홀로 나선 망망대해 멕시코만류에서 5미터가 넘는 청새치를 잡는다. 자신이 타고 있는 조각배보다 더 큰 청새치를 뱃전에 달아매고 집으로 돌아가는데, 고기를 뜯어 먹기 위해 몰려드는 상어 떼와 사투를 벌이게 된다. 결국 상어를 죽이긴 했지만, 그에겐 무기나 마찬가지인 작살과 밧줄도 함께 잃었다. 그래서 또다시 상어의 습격을 받게 되자 청새치의 남은 살점을 지킬 수가 없었다. 시련은 계속 닥쳐왔고, 점점 절박해졌다. 결국 노인은 앙상하게 뼈만 남은 고기 잔해를 갖고 돌아온다. 빈손이다. 고기 잔해와 상처 가득한 두 손만이 그가 먼바다에서 힘겨운 낚시를 했다는 사실을 증명해 준다. 노인이 돌아오길 기다리던 소년 '마놀린'은 고기 잔해와 노인의 두 손을 보고 '엉엉 운다'.

지금보다 어렸을 때는 『노인과 바다』를 읽으면서 노인보다 소년이 마음에 더 남았다. 노인에게 '아직도 배울 게 많다'고 말하는 소년이 그와 함께 배를 타고 나가지 못했을 때 느꼈을 법한 미안함과 안타까움, '앙상하게 박제된 희망'을 이끌고 녹초가 되어 돌아온 노인을 보면서 엉엉 울어 버린 소년의 연민과 우정에 내 감정을 이입했었다. 그리고 나이를 먹은 뒤에도 나는 가끔 『노인과 바다』를 다시 읽는다. 여전히 엉엉 울어서 얼굴이 눈물로 범벅되었을 소년이 무척이나 좋지만, 이젠 어쩐지 노인에게 더 많은 감정이 이입된다. 상어를 무찌르느라 새하얀 포말이 거침없이 일었을 바다 위에서 사투를 벌여야 했던 노인의 여정에 몰입하게 된다. '노인이 된 사나이' 산티아고가 긴 고난 끝에 했던 말, "인간은 파멸당할 수는 있을지 몰라도 패배할 수는 없다"는 선언에 자꾸만 심장이 뛴다.

헤밍웨이가 죽기 전에 마지막으로 내놓은 작품이 『노인과 바다』여서 『노인과 바다』가 그의 백조의 노래가 된 건지, 『노인과 바다』가 정녕 백조의 노래였으므로 헤밍웨이가 더 이상 글을 못 쓰게 된 것인지, 나로선 선후를 구분하기가 어렵다. 하지만 『노인과 바다』 안에는 분명 백조의 노래가 들어 있다. 84일 동안 한 마리의 고기도 낚지 못했던 노인 산티아고가 마침내 뱃전에 묶어 돌아온 청새치 잔해는 아마도 산티아고에게 백조의 노래였을 것이다. 실제로 소설 속에서 그는 자신이 낚아 올린 청새치를 향해 "너보다 크고, 너보다 아름답고, 또 너보다 침착하고 고결한 놈을 보지 못했다"고 고백했다. 나는 산티아고의 이 대사가 어쩌면 헤밍웨이가 작품을 쓰면서 스스로에게 보낸 격려와 찬사가 아니었을까 생각한다. 작가가 어떤 작품을 자신이 쓸 수 있는 가장 훌륭한 것이라고 인정할 수 있는 경지는 과연 어떠할까. 무척 알고 싶다. 내가 인생의 끝에서 남길 수 있는 최고의 것은 과연 무엇일지가 궁금하다.

아무도 그에게 수심(水深)을 일러 준 일이 없기에 흰나비는 도

무지 바다가 무섭지 않다.

_김기림, 「바다와 나비」 1연

아무도 바다가 얼마나 깊은지 알려 준 적이 없어서 바다를 무서워하지 않는 흰나비가 떠오른다. 동시에 노인과 바다를 병치시킨 헤밍웨이 사유의 막대함이 무척 마음에 든다. 우리 인생이 바다와 같다면, 그 깊이와 한계 따위를 아직은 알고 싶지 않다. 그런 심오한 진실은 아주 나중에 스스로 깨닫게 될 때까지 아무도 내게 미리 알려 주지 말았으면 좋겠다. 바다를 무서워하지 않는 순수한 마음으로 '백조의 노래'를 꿈꾸고 싶어서다.

백조를 보고도 본 적이 없는 것처럼 느껴지는 이유를 알 것도 같다. 내 인생의 마지막이 아직은 아득하고 멀게 느껴지는 까닭일지도.

늙지 않는 심장

:

"그래서 나도 따라 소망한다. 영원한 젊음이 불가능한 일이라면
사는 동안 '한결 같은 심장'을 갖고 싶다고."

나는 나이 든 나를 얼마나 사랑할 수 있을까. 요즘엔 더 이상은 늙고 싶지 않다는 생각을 틈틈이 한다. 이상한 일이다. 한두 해 전까지만 해도 내 나이에 의미를 거의 부여하지 않았다. 특별히 의식해 본 적도 없고, 나이를 먹는다는 것에 대한 두려움도 없었다. 그런데 조금은 갑작스러운 마음이다. 나이도 멈출 수 있다면 좋겠다.

'늙다'의 의미를 사전에서 찾아봤다. 뻔히 아는 단어가 문득 생소하게 느껴질 때 인터넷 국어사전을 뒤지는 습관이 있다. "사람이나 동물, 식물 따위가 나이를 많이 먹다"의 뜻이라고 정의되어 있다. 그리고 "사람의 경우에는 흔히 중년이 지난 상태가 됨을 이

른다"고 나온다. 그럼 '중년'은? 중년은 "마흔 살 안팎의 나이"라고 되어 있다. "청년과 노년의 중간을 이르며, 때로 50대까지 포함하는 경우도 있다"는 부연 설명이 뒤따른다. 앞날을 미리 살아 보지 않아서, 50대 이후의 느낌은 어떠할지 아직은 도무지 알 수가 없다. 일단 40대까진 그런대로 지금 같은 모습을 유지할 수 있지 않을까, 무작정 믿어 본다. 그래도 나의 노년은 정말이지 쉽게 상상할 수 없다. 백 살까지도 거뜬히 산다는 시대를 살고 있지만 백 살의 내 모습을 가늠하기 어렵다. 주름이 깊게 패고, 체지방도 더 늘어나고, 조금만 걸어도 다리가 아파질까. 아, 늙고 싶지 않다!

영국 빅토리아 시대 후기에 활동했던 작가 오스카 와일드는 예술에서 '아름다움'을 최고의 가치로 여기는 유미주의(唯美主義)를 추구했다. 그가 남긴 유일한 장편 소설이 『도리언 그레이의 초상』이다.

소설 속에서 아름다운 청년 도리언 그레이는 "세월의 짐은 초상화가 모두 떠맡고 자신은 영원한 젊음을 유지하며 흠 없이 화려한 빛만 발하게 해 달라고" 기도했다. 기도가 이뤄져서 나이를 먹어도 아름다운 청년의 외모를 유지하게 되지만, 기도대로 초상화 속 자신의 얼굴이 세월을 따라 늙어 간다. 더구나 살면서 지은 죄와 악덕이 초상화에 고스란히 반영되어 그림 속 얼굴을 일그러뜨린다. 초상화는 곧 그의 '양심'을 대변하고 있었다. 그레이는 결국 일그러진 초상화를 칼로 찌른다. 일그러진 양심을 본다는 게 고통스러웠기 때문이다. 소설의 마지막 장면에선 칼이 꽂힌 채 쓰러진 그레이와 눈부시게 빛나는 젊음과 미모를 간직한 그의 초상화가 대비를 이룬다. 젊음과 미모는 한때 머물러 기억되는 것일 뿐, 삶에서 중요한 건 양심과 같은 정신적 가치였던 것이다. 무척이나 교훈적인 결말이다. 외형적으로 영원히 늙고 싶지 않다는 건 결국 헛된 바람일 뿐이란 것, 오히려 정신과 양심을 돌보는 일이 인생의 참된 화두라는 메시지를 던진다. 빅토리아 시대의 엄격한 도덕률과 감춰진 위선을 냉소하고 조롱했던 오스카 와일드는 정작 자신의 소설은 그렇게 안전한 방식으로 끝맺었다.

그럼에도 나는 오스카 와일드가 몸이 늙어 가는 것에 대해 짙은 연민을 가졌던 사람이리라 확신한다. 그는 소설 속에서 쾌락과 욕망을 지향하는 헨리 워튼 경의 입을 빌려 이렇게 말했다. "노년의 비극은 사람이 늙었다는 사실 때문이 아니라, 겉은 늙었어도 마음은 여전히 젊다는 데 있지. 젊어서나 늙어서나 변치 않는 내 마음에 때로는 나 자신조차 놀란다네."

나 역시 마음이 젊어서일까. 소설의 결말을 알고서도, 여전히 '영원한 젊음'이 탐난다. 마음만큼, 겉모습도 되도록 오래도록 젊고 싶다. 더 아름다워지고 싶은 욕망도 있음은 물론이다. 이런 나를 합리화하기 위해 '젊음과 아름다움에 심드렁해진다면 에너지와 열정도 바닥났기 때문'이란 논리도 세워 본다. 곧고 바른 자세를 갖추고 매력적이고 탄탄한 근육을 한 줄이라도 더 갖고 싶다는 욕망은 일단 외면을 향한 것이다. 더 나은 외모를 위해 운동을 한다는 사실을 부인하지도 않겠다. 다만 이 대목에선 점점 서글퍼지는 게 사실이다. 예전엔 주로 더 보기 좋은 모습을 위해 운동했다면, 지금은 살기 위해 운동하고 있다는 생각이 들어서다. 아침부터 밤까지 회사에 있는 일이 일상이 되면서 덜 움직이고 더 앉아 있다 보니 점점 더 육체적으로 힘들어진다. 이젠 아름다움이 아닌 '버티기'를 위해 필히 운동해야 할 지경에 이르렀다. 나도 결국 늙어 가고 있다는 생각이 들면 불현듯 섬뜩한 기분까지 든다.

오스카 와일드는 "자기애야말로 평생의 로맨스"라는 유명한 경구도 남겼다. 그는 산문시 「제자」에서 그리스 신화에 나오는 아름다운 청년 '나르키소스' 이야기를 꺼냈다. 나르키소스는 강물에 비친 자신의 모습을 사랑한 나머지 물에 빠져 죽는다. 자기애의 절정이다. 자신의 청춘이 가진 아름다움을 지독하게 사랑한 나머지 목숨도 버린 것이다. 문득 드는 생각은, 만약 나르키소스가 늙은 자신의 모습을 보게 되었다면 그래도 강물로 뛰어들었을까 하는 것이다. 자신의 겉모습을 넘어 내면과 정신을 응시하는 것만으로도 자기애에 빠질 수 있을까. 우리는 종종 외모를 가꾸면서 자신을 사랑하기 때문이라는 생각을 하지 않던가. 자기애를 위해선 자기 눈에 비치는 자신의 겉모습도 중요함을 방증한다.

나는 나를 분명히 사랑한다. 평생을 약속하는 로맨스에 빠질 수 있는 행운을 거부할 수 없다. 하지만 지금 내가 갖고 있는 많은 것 중에 가장 사랑하는 건 나의 젊음과 에너지와 열정이다. 에너지와 열정도 얼마쯤은 젊음에서 비롯되었을 것이다. 때문에 아무리 고매한 정신을 얻게 된다 해도 선뜻 이 젊음과 맞바꾸고 싶진 않다. 동시에 오스카 와일드가 예견했듯, 나의 정신보다 몸이 더 일찍 늙어 버리게 될 것도 예감한다. 몸과 마음은 함께 성숙해 가는 것일진대, 마음은 성숙하면 넓어지지만 몸은 성숙하면서 늙어 간다. 살아 있는 인간으로선 불가항력이다. 내 몸의 나이를 최대한 늦추기 위해 열심히 노력하겠지만, 영원한 젊음을 갈망하는 건 어리석다. 도리언 그레이가 뒤늦게 깨달았듯 오만한 소망일 뿐이다.

오스카 와일드는 우리가 잘 아는 단편 동화 「행복한 왕자」도 썼다. 어렵고 힘든 이웃들에게 자신이 가진 아름다운 보석들을 모두 나눠 준 조각상 '행복한 왕자' 얘기다. 루비와 사파이어와 순금이 모두 떨어져 나간 뒤 초라해진 조각상은 용광로에서 녹게 되었지만 납으로 만든 왕자의 심장만은 불길 속에서도 녹지 않았다. 몸이 사라져도 심장이 죽지 않았던 건 진정한 가치를 지니고 있었기 때문이다. 그래서 나도 따라 소망한다. 영원한 젊음이 불가능한 일이라면 사는 동안 '한결같은 심장'을 갖고 싶다고. 오래오래 자신을 사랑하고 열정과 에너지로 힘차게 뛰는 심장을 갖고 싶다. 매 순간 내 삶의 자세를 돌아보고 노력한다면, 이 소원만은 이뤄질 거라 믿는다.

삶이 요구하는 용기를
외면하지 않기를

:

프랑스 파리 오르세 미술관을 방문했을 때 르누아르의 그림을 보면서 수잔 발라동을 생각했다. 나란히 배치되어 있는 압도적 크기의 그림 두 점, 「도시의 춤」과 「시골의 춤」에서 수잔 발라동을 모델로 삼은 건 「도시의 춤」이다. 거기서 그녀는 실물 크기로 그려져 있다.

발라동은 19세기 말 파리 몽마르트르의 인상파 화가들이 화폭에 즐겨 담았던 모델이었다. 그리고 만인의 뮤즈였다. 하지만 그녀는 누군가의 작품 안에 머무는 데서 그치지 않았다. 모델을 하며 어깨너머로 배운 실력을 쌓아 화가가 되었고, 직접 그림을 그렸다. 그녀는 내가 좋아하는 「짐노페디」와 「Je te veux(난 당신을 원해요)」를 연주한 작곡가이자 피아니스트, 에릭 사티의 영원한 사랑이기도 했다. 가난한 세탁부의 딸로 태어나 일찌감치 서커스에서 공중곡예사로 일했다. 열다섯 살 때 부상으로 더 이상 일하지 못하게 되자 모델로 나서 돈을 벌었다. 아버지가 알려지지 않은 사생아, 모리스 위트릴로를 낳아 기른 어머니이기도 했다. 발라동은 아들도 화가로 키웠다.

프랑스 조각가 로댕의 제자였고 연인이었고 뮤즈였던 카미유 클로델이 로댕 이상의 천재성을 지닌 예술가였던 것처럼, 정식 교육을 제대로 받지도 못했던 발라동은 당시 알려진 남성 화가들이상의 영감과 예술성을 갖고 있었다. 모델 일을 하면서도 현실에 안주하지 않았고, 더 배우고 주도하는 삶을 살았다. 아마도 삶을 긍정했을 것이며, 자신을 사랑하는 방법을 알고 있었을 것이다. 그리고 당시의 많은 이들은 모델이 직접 그림을 그리게 될 거란 걸 예상치 못했을 것이다. 발라동은 더욱 주도적으로 살기 위해 용기를 냈을 것이다.

인어 공주는 육지의 인간을 사랑하고 동경해 자신이 살던 바다를 떠났다. 덴마크 동화 작가 안데르센이 실제 실연의 경험을 깔고 썼다는 「인어 공주」 이야기다. 인어 공주는 인간이 가진 불멸의 영혼과 다리를 얻기 위해 아름다운 목소리를 영원히 버리는 선택을 했다. 끝내 왕자의 사랑을 얻지 못하면 거품이 되어 사라져버리게 될 운명이었지만, 두려워하지 않았다. 원하는 걸 얻기 위해 필요한 대가를 망설이지 않고 지불했다. 왕자를 사랑하기 위해 인간이 되고 싶다는 강렬한 열망 하나에 집중했기 때문이다.

삶을 스스로 주도한다는 건 그런 거다. 수잔 발라동처럼 직접 붓을 쥐는 용기, 인어 공주처럼 동경하는 세상에 닿기 위해 과감하게 실행하는 용기를 갖는 일이다. 자신만의 그림을 그리기 위해선 뭐든 겁내지 않고 굳세게 나아가는 진실한 용기가 필요하다. 전진과 후퇴, 성공과 실패가 끊임없이 반복되는 게 삶의 제 모습이다. 신이 아닌 우리는 때때로 길을 잃고 방황한다. 하지만 그럴 때마다 잠시 쉬고 다시 일어서는 용기를 낼 수만 있다면 단 한 번 주어지는 생의 여행에 실패하진 않을 것이다.

떠나고, 도착하기 위해선 언제나 가슴 뛰는 간절함이 필요하다. 떨림도 설렘도 없이 평온한 기다림만으로 채워진 인생을 사는 건 어쩐지 아깝다. 나는 내게 주어진 생을 역동적으로 누리고 싶다. 간절하게 떠나고 간절하게 도착하면서 이곳저곳을 구석구석 누비고 싶다. 고난이 찾아와도 끄떡없이 헤쳐 나가고 싶다. 그리고 언제까지나 원하고 열망하고 싶다. 삶에 필요한 에너지는 간절한 바람에서 나온다. 드넓은 세상을 살아가는 우리 각자가 결국엔 티끌만 한 피사체에 불과하더라도, 꼭 한 번쯤은 직접 세상을 비추는 빛이 되어 보겠다는 소망을 품었으면 한다. 나도, 그리고 이 책을 읽어 내려온 당신도 자신만의 삶이 요구하는 용기와 노력을 외면하지 않기를, 그리하여 끝내 반짝반짝 빛날 수 있기를 간절하게 바란다.

소망했지만, 기대보다 더 빨리 두 번째 책을 내게 되었다. 좋은 편집자와 출판사를 만나는 행운이 있었고, 뜻한 바를 이루기 위한 나의 계획과 노력이 더해졌다. '일하는 삶을 대하는 자세'를 염두에 둔 이 책의 주제는 아마도 내 평생의 주제가 될 것이다. 지금 나의 생각과 관점은 여기까지지만, 더 깊고 진한 답을 얻기 위해 앞으로도 노력하려 한다. 누구에게나 공통된 정답이란 건 세상에 없다. 우리 모두는 각자 자신만의 답을 찾아가는 삶을 산다. 나의 하루하루를 풀어 가는 과정을 모르는 누군가와도 나눌 수 있게 되어 조금은 부끄럽지만 많이 기쁘다. 글로, 책으로 마음까지 이어 보는 친구와 동료를 얻을 수 있지 않을까 기대하기 때문이다. 많은 사람이 있어서 일을 하고 산다. 그들은 내게 일하는 이유가 되기도, 일하는 힘이 되기도 한다. 가족과 친구, 동료, 내 삶의 구석 구석에서 마주쳤던 크고 작은 인연들, 그리고 마지막으로…… '나의 일'에 충실한 고마움을 전한다.

2020년 7월, 더 좋은 답을 찾아가는 과정에서

조민진

진심은 보이지 않아도
태도는 보인다

초판 1쇄 인쇄 2020년 7월 2일
초판 1쇄 발행 2020년 7월 9일

지은이 조민진

펴낸이 이상순 **주간** 서인찬 **편집장** 박윤주 **제작이사** 이상광
기획편집 이주미, 박월, 최은정, 이세원 **디자인** 유영준, 이민정
마케팅홍보 신희용, 김경민 **경영지원** 고은정

펴낸곳 (주)도서출판 아름다운사람들
주소 (10881) 경기도 파주시 회동길 103
대표전화 031-8074-0082 **팩스** 031-955-1083
이메일 books777@naver.com
홈페이지 www.books114.net

문학테라피는 (주)도서출판 아름다운사람들의 임프린트입니다.

ⓒ 조민진, 2020

ISBN 978-89-6513-611-8 03810

이 도서의 국립중앙도서관 출판예정도서목록(CIP)은서지정보유통지원시스템 홈페이지(http://seoji.nl.go.kr)와
국가자료종합목록시스템(http://www.nl.go.kr/kolisnet)에서 이용하실 수 있습니다. (CIP제어번호 : CIP2020026767)